訪書回憶錄
A BOOKWOMAN'S MEMOIR

獻給我的母親
DEDICATED TO
MY MOTHER

訪書回憶錄
A
BOOKWOMAN'S
MEMOIR

Baldwins' Book Barn Lenape Road, West Chester Pa. Built 1822

鍾芳玲
FANG-LING JONG

Acknowledgements

I am deeply appreciative of the institutions, organizations and individuals listed below, who have given generously of their time, knowledge and insights during my researching, writing and editing this book. Without their assistance, I would never have been able to complete this project.

Therefore, for answering my questions, suggesting research leads, supplying research materials, effecting introductions, and providing photographs, I would like to express my heartfelt gratitude to the following (some of whom are now sadly no longer with us), whose names are given in the order of the chapters to which they contributed: for part 1, 'Speaking of Rare Books', Saúl Roll (Herman H. J. Lynge & Søn A/S); Pom Harrington and Pablo Picó (Peter Harrington); Seyla Martayan (Martayan Lan, Inc); T. Kimball Brooker; Eric Holzenberg and Meghan Constantinou (The Grolier Club); Susan Roeper (Sterling and Francine Clark Art Institute Library); Filippo Rotundo (Forum Auctions); Sharon Gee, Bruce E. MacMakin, Gregory Jung, Justin Benttine, Chad Mueller, Courtney Rock and Dana Weise (PBA Galleries); Asa Peavy; the librarians of the San Francisco Public Library; John E. Mustain and Tim Noakes (Department of Special Collections, Stanford University Libraries); Elizabeth Newsom (The Book Club of California); Paolo Pampaloni; Ethan Doyle White; Peter Hanff and David Faulds (The Bancroft Library, University of California, Berkeley); Barney Rosenthal; Brian Lake (former president of Antiquarian Booksellers' Association); Antiquarian Booksellers' Association of America; Michael Hackenberg (Hackenberg Booksellers); White Rain Productions; Denise Lamott Public Relations; Alessandro Meda Riquier (Meda Riquier Rare Books Ltd); Laura Light and Gaia Grizzi (Les Enluminures); John Windle, Rachel Eley and Annika Green (John Windle Antiquarian Bookseller); Chris Loker (Children's Book Gallery); Daniel R. Weinberg (Abraham Lincoln Book Shop); Jean-Baptiste de Proyart, SARL; David and Caroline Brass (David Brass

Rare Books); Michael and Sandra Good (Michael Good Books); Aimee Abel Good; Jonathan Gestetner and Jolyon Hudson (Marlborough Rare Books); Paul Kainbacher (Antiquariat Kainbacher); Nina Musinsky (Musinsky Rare Books); Howard Rootenberg (B & L Rootenberg Rare Books); Edward and Susan Nudelman (Nudelman Rare Books); Roald Randall (Randall House Rare Books); William Reese; Derek McDonnell (Hordern House Rare Books); Donovan Rees, Andrea Mazzocchi and Alex Day (Bernard Quaritch Ltd); Sophie Schneideman Rare Books & Prints; Timur Yüksel (Erasmushaus); Benjamin Spademan Rare Books; Rupert Halliwell (Sims Reed Rare Books); Jonathan A. and Megumi Kaneko Hill (Jonathan A. Hill, Bookseller); Professor Owen Gingerich; Eric Long; Chris Saunders, Rosie Hodge and Alan Bradshaw (Henry Sotheran Ltd); Cara and Joe Herman; Bernie and Gwen Goldman; Chris Hannon; Nancy Rosin; Joe Marchione (formerly of Valhalla Books); Profiles in History; and Nancy Seltzer & Assoc. Inc.

For part 2, 'Speaking of Book People', Byron Spooner and Judy Bernhard; Mark Terry (Facsimile Dust Jackets LLC); Andreas Brown (Gotham Book Mart); Joe Luttrell (Meyer Boswell Books); Alan Schwartz (The Truman Capote Trust); Tal Nadan (Manuscripts and Archives Division, The New York Public Library); Joanne Carson; Jon King (Bonhams); Darren Julien and Summer Evans (Julien's Auctions); Tom Congalton and Ashley Wildes (Between the Covers Rare Books); Matthew Raptis (Raptis Rare Books); Tara Craig (The Rare Book & Manuscript Library at Columbia University); Charles J. Shields; Stephen Whitehead and Jeffrey Whitehead; Professor Ya-Fu Lee; Peter and Jennie Mayle; Tom Baldwin, Carol Rauch, Fred Danaway and Joseph Scott (Baldwin's Book Barn); Peggy Pai and Ethan Kuo; Andrew Stookey; Philadelphia Calligraphers' Society; Robert Langmuir; Justin Weber; Bill Lynam; and Susan Procario.

One of my greatest debts is to the printer and publisher Aldus Manutius, who lived more than five hundred years ago. The significance of his work, attained through an unceasing pursuit of excellence, continues to influence and inspire contemporary book creators, printers, typographers, designers, editors, publishers and bibliophiles. The decorations used throughout this book are adapted from the wood-engraved illustrations designed for *Hypnerotomachia Poliphili* printed by Aldus in Venice in December 1499.

Among my family and my friends, I would like to thank the following for their expertise, encouragement, and moral support: Hui-Mei Lin, J. Chen, Wei-Wei Teng, Su-Fen Tsai, Eric Sun, Li-Hsiang Wang, Chi-Chun Chiu, Shou-Bai Yen, Ay-Ching Shyong, Ching-Ping Tsui, Mandy Hsiung, and – especially – my mother, to whom this book is dedicated. And finally, I am grateful to my husband, Daniel, whose love, understanding and support enables me to pursue my passion for books and writing. 🍃

自序

這些年走訪書店的次數與家數少了,一方面是旅居的舊金山愈來愈少書店,更重要的是,我已歷經了早年走馬看花、以征服之心去探訪諸多書店的獵奇階段;我對書店之愛依然不變,隨處一家又小又破又不起眼的書攤,往往也能勾起我的好感與敬意,但走過數千家書店後,我已不刻意再去尋覓,更多的時刻是靜靜讀書、賞書、品書,全方位探訪、欣賞與書相關之面向,從而進入各類寫書、編書、印書、做書、藏書、賣書之人的天地。

本書第一大部分「談古書」(Speaking of Rare Books),談的是我走訪英美古舊書店、古書展、圖書館特藏區、拍賣場、古董市集的見聞錄。書要多老才算「古」?其實並無標準答案,一般泛指絕版、罕見、限量生產之印刷書或手抄本,因此不少以經營此類書的店家與展會,通常都不用"antiquarian"(古老的)這字眼,而偏好使用"rare"(珍稀的)。

在第一章,我提到自己如何被文藝復興時期的印刷出版大師阿爾杜思‧馬努提爾斯(Aldus Manutius)所吸引,因而學習義大利文、走訪威尼斯;第二章提及我在不同處所探訪阿爾杜思1499年印製的一部奇書《尋愛綺夢》(Hypnerotomachia Poliphili),我這本著作的裝飾木刻插畫,就是來自那部號稱史上最美麗、最難讀之書。阿爾杜思雖已作古五百多年,但我們現在使用的分號、義大利斜體字都源自於他,口袋書的普及也始於他,就連我這本書內文的英文字體「本博」(Bembo),也是後人仿照他書中的字體而設計。阿爾杜思對書業的熱情與精進、對古典文化的崇敬與推廣、對美感的堅持與追求,再再啟發了各行各業之人,「阿爾杜思」這名字與他所設計之海豚與錨的商標,更被廣泛引用迄今,成為不朽。

第三章是有關我常參與的加州國際古書展,由2017年一樁偷書案談起,敍述古書展中的奇書與趣聞,也特別提到美國天文學家、藏書家歐文‧金格里奇教授(Owen Gingerich)如何環球追蹤前兩版《天體運

行論》（分別於 1543、1566 年印製）的壯舉。第四、第五章談在古書
展常見到的情人節陳年老卡片，以及我與它們的淵源；這些或是令人
炫目、或是令人發噱的陳年卡，開展出另一個奇妙的紙天堂。第六章
談一本被暱稱為「大書」、影響千千萬萬人與通俗文化之「匿名」書，
以及其獨特之收藏現象；你能想像為何有人會瘋狂地收藏一本書的首版
（1939~1954）、第二版（1955~1974）各十六刷、甚至第三版（1976~2001）
七十四刷的所有版本嗎？你知道英美影視劇、報導與書中，不時提到的
A.A. 聚會與十二步驟是什麼嗎？這些答案都在本書裡。

　　本書第二大部分「話書人」（Speaking of Book People），談四位作家
與一位書倉主人。其一是著作與生活同等精彩的楚門‧卡波提（Truman
Capote）、其二是卡波提年幼時的鄰居兼玩伴哈波‧李（Harper Lee），
前者以《第凡內早餐》與《冷血》聞名，後者在沉寂半世紀後出版第二
本書《守望者》（第一本為《殺死一隻仿聲鳥》），引發了諸多「陰謀論」
的揣測；這兩位美國作家，一位高調、一位低調，形象、風格有極大反
差，閱讀他們的作品與人生，總令我感觸良多。第三位是英國作家彼德
‧梅爾（Peter Mayle），他寫的一系列普羅旺斯之書，受到全球讀者歡迎，
我有幸於上世紀末策劃他的散文集《有關品味》的中文譯本時，與他在
美國舊金山的一家書店會晤、訪談；第四位作家是以《達文西密碼》揚
名於世的丹‧布朗（Dan Brown），我因逛古舊書店，發現他早期以一
個女性的筆名，寫了本多數人皆不知的幽默小書。

　　上述這些篇章的主文初稿完成於不同年代，最早一篇甚至遠溯
1998 年，但許多篇章後面，都加上這些年來我閱讀更多相關的著作、
傳記、畫冊、書信集，以及觀賞相關影片後的心得筆記。我是個不趨流

行的讀者，喜讀一些「老」書，更喜一再重讀；一篇文章、一本書，三年、五年、十年、二十年後重讀，往往產生新的感悟與感動，如此重讀的經驗不僅是閱讀的樂趣之一，也是另一種觀照自我心智變化的方式。此外，我還喜歡由作品延伸，探訪並記述作者的生平與軼事，因此本書提到不少文雅「八卦」；書中有長篇專文介紹的作家楚門・卡波提，曾多次表示：「所有的文學都是八卦，從傳記、到散文、到小說、到短篇故事，全都是八卦。」我不得不同意他的說法，凡是好奇之人，誰不愛八卦？不同的是對八卦的取向與內容所愛不一。

　　編寫此書之際，傳來鮑德溫書倉主人湯姆・鮑德溫（Tom Baldwin）去世的消息，不禁回憶起我與湯姆及他前後三任愛犬四分之一世紀的情誼；想起幾次拜訪書倉，他帶著小狗到機場迎送；想起他開車帶我去不同人家中收購古舊書；想起他坐在釋放燃木香氣的圓肚大暖爐旁或戶外草原的樹蔭下，對我訴說一個又一個傳奇故事；想起散落在迷宮般五層樓書倉裡的幾十萬冊書，以及那五隻名字全是以 B 開頭的貓咪；想起湯姆如何善待來客、小動物與弱勢族群；想起書倉中他聘請的店員多半是六、七十歲以上的退休人士；想起他如何力保近兩百年歷史的書倉建築與氛圍，為愛書人堅守一方樂土；想起他總自在又自信地對人說：「我們的未來就是我們的過去。」（"Our future is our past."）

　　走訪過數千家書店，雖然每每有記者採訪，問我哪家是最愛的書店，給的標準答案往往說自己是個「書店博愛兼濫情主義者」，每家書店各有其特色與美之處；但我必須坦承，湯姆的鮑德溫書倉有股自然散發的神奇魔力與魅力，是我在別處難以感受到的，尤其是主人透過書倉所展示出的生活風格、價值觀，更深深打動我；本書最後一章〈念想鮑德溫書倉〉，就是回憶這位我摯愛且摯愛我的書倉主人，文中所述又何嘗不是我的過往？

　　訪書的愉悅並不在於看了什麼又古又奇又貴之書或書店，而是經由訪書這個儀式與旅程，遇見同道愛好者並認識一些令人景仰的美麗心靈；倘若缺乏對書本、對歷史、對文化、對人性的理解與尊重，就算擁有價值連城的珍本書或走入氣派奢華的書店，也不會使人變得高貴與出眾。

《訪書回憶錄》為「書女說書」系列第二本（第一本為《四季訪書》），呈現一個愛書人過去二十多年，在西方悠遊訪書的經歷與見聞。此書除了延續我以往著作「書話三部曲」——《書店風景》、《書天堂》、《書店傳奇》的基調，都是「有關書之書」（books about books）之外，更著重以長時間、多角度的訪查與觀察，敘述一些我覺得有意思或有意義的書本、書人、書地與書事，試著將讀物、人物、景物與事物作更綿密之串連。

在編寫、回想的過程中，衷心感謝英美歐陸一些優質書商與圖書機構，例如加州州立大學柏克萊分校班克勞馥圖書館、史丹佛大學圖書館特藏部、舊金山公共圖書館特藏區、紐約公共圖書館手稿與檔案部；葛羅立亞藏書俱樂部、加州藏書俱樂部；舊金山太平洋書籍拍賣藝廊、紐約邦漢斯拍賣公司、洛杉磯朱利恩拍賣公司、倫敦論壇拍賣公司等，他們或是取出數百年歷史的珍貴古籍讓我親手翻閱，或是提供諮詢、圖片與資料。這些西方書人總認為，將珍本書束之高閣、禁止外人親近，完全喪失了「書」作為一個被閱讀、被玩賞的主體所該存在之意義與價值，他們的無私、見解與氣度，令人佩服不已。

最後，特別感恩家人對我的理解、包容與支持，令我無憂無慮徜徉在書世界之海；對我而言，讀書是享受、寫書是療癒、說書是樂趣、訪書最歡喜！當然，更要感念一路豐富我訪書生涯的諸多書女與書男，在書之宇宙裡，我們都是愛好真善美樂的子民。

CONTENTS

CONTENTS

談古書

SPEAKING OF

RARE

BOOKS

海豚、錨、阿爾杜思與我

Dolphin & Anchor, Aldus & I

義大利文藝復興時期最知名的印刷師、編輯、出版家阿爾
杜思・皮爾斯・馬努提爾斯的版畫人像。

年少時閱讀一些英文書，對美國雙日出版社（Doubleday）的書印象頗為深刻，並非因為雙日是家知名出版社，也不是因為名女人賈桂琳・甘迺迪・歐納西斯晚年曾在那當過十多年的編輯，我向來不迷信名牌，有名的出版社不見得都出好書，名不見經傳的出版社所出之書也可能令人激賞。之所以特別記得雙日，主要是被這出版社的標誌（logo）給吸引了，他們總會在出版品的扉頁或書脊（或兩者）印上一隻環繞在船錨上的 S 型海豚，這個靈動又穩重的構圖，散發出一股神祕又活潑的氣息，自此深深烙印在我的腦海裡。

標誌靈感來自千年古錢幣

等我開始接觸西洋古舊書後，才知道原來這海豚與錨的圖像是仿照義大利文藝復興時期阿爾丁印刷出版社（Aldine Press）的標誌，海豚象徵迅捷快速，錨則代表沉穩緩慢，這兩個看似對立的組合被用來表達拉丁文格言 Festina lente 或 Festina tarde，此矛盾修辭語又源自希臘文，英文可譯為 Hasten slowly，也就是類似中文「急事緩辦」、「欲速則不達」之意。

早在西元一世紀的羅馬帝國年代，一些錢幣上就已出現海豚與錨的圖像，據說阿爾丁的創辦人阿爾杜思・皮爾斯・馬努提爾斯（拉丁化之名

雙日出版社用在臉書的藍白標誌和慶祝創立一百周年的紀念標誌
都是以海豚與錨為圖像。

Aldus Pius Manutius，義大利名 Aldo Pio Manuzio，1449／1452~1515）因為得到一枚鑄有如此圖樣的千年古老銀幣，啟發他的靈感而設計出了這個標誌，五百年來，這圖案不斷被與書相關之人拿來當商標或藏書票圖案，有些甚至放在其他商品或身上（刺青）。

　　有關阿爾杜思早年的生平，史上一直未有定論，可知的是，他出生於一個環境不錯的家庭，通曉拉丁文，還研習了幾年的希臘文，是個人文主義學者，曾任卡爾皮（Carpi；現今義大利莫德那省的城市）兩位王子的私人教師。約 1490 年時他遷至威尼斯，並於 1494 年與合夥人安卓亞．托雷薩尼（Andrea Torresani；日後成了他的岳丈）和一位金主成立印刷出版工坊，以印製人文類的書為主。至於為何他會由教書轉為做書，史家們也有不同的看法，可能是熱愛經典的他，有感於許多手抄的經典容易消失在歷史的洪流中，而且手抄本無法普及，不同抄本間又存有太多錯誤、不一致，且他自己當老師，發現教材闕如，因此想藉著當時才新興不久的活字印刷術來保存和推廣經典。

　　十五世紀的威尼斯依然是個繁華的貿易商港，不僅來往人口多，思想較自由，商品、原物料也因水運而容易進出買賣，德國的古騰堡聖經 1455年出版，1468 年起就有人把活字印刷術帶到威尼斯，並發展成歐洲印刷出版的重鎮，十五世紀末全盛時期據稱約有兩百家印刷工坊聚集於此，競爭激烈且盜版猖獗，很多店才出幾本書就倒店，但阿爾丁卻能持續一世紀，

阿爾杜思創業初期的壯舉就是前後耗時三年（1495~1498）以希臘文印製了五卷本的亞里斯多德作品集，學術界與古書業稱之為"editio princeps"（拉丁文「首版」之意，特別指稱「先前僅有手抄本流傳的最早印刷本」）。圖中所見為1495年首出的亞氏邏輯原文著作，後人通稱為《工具論》，此書的裝幀與出版約同年代，書脊雖經修復，但無違和感，書封皮革上的壓紋與精巧的皮繩繫帶，配上古老的經典，展示歲月之美；如此一部里程碑之書訂價近十萬美元，並不為過。
Courtesy of Herman H. J. Lynge & Søn A/S

主要在於創辦者阿爾杜思並非是一個單純的印刷工匠，替人代工而已。

博學的阿爾杜思還邀集一群來自世界各地的學者當阿爾丁的智囊團，協助編輯、翻譯、校對，運作猶如現代的大型出版社。著名的人文主義學者伊拉斯謨斯（Erasmus）就曾加入陣營，他不僅慕名來到威尼斯請阿爾丁出版他的作品，還在此擔任校對。

千年經典首次印刷成冊

阿爾杜思在日後二十年的歲月中，出版了希臘文、拉丁文、義大利文的經典，例如荷馬的史詩、伊索的寓言、古羅馬雄辯家西賽羅的書信集、柏拉圖作品全集、前後耗時三年（1495~1498）五卷本的亞里斯多德作品集，此外1502年還出版了古希臘歷史學家希羅多德的《歷史》（Historiae）、修昔底德描述公元前五世紀雅典與斯巴達戰役的《伯羅奔尼撒戰爭史》、悲劇作家索福勒斯和喜劇作家阿里斯托芬的劇作集等等。這些靠手抄本流傳上千年的文字許多都是第一次印刷成冊。當然還有義大利名家但丁、佩脫拉克的詩文集，有許多並費心配上拉丁文或義大利文的介紹與註解。

除了號稱編輯嚴謹外，阿爾丁的書也易於閱讀，字體秀麗、版面清爽，

阿爾杜思 1502 年推出另一部首次印刷成書的希臘經典，為西元前五世紀的劇作家索福克勒斯（Sophocles）的作品集，內含七個流傳的劇本，其中的〈伊底帕斯王〉被視為古希臘悲劇代表作，此為阿爾杜思以口袋書形式推出的第一部希臘文著作，也是首次以格力佛設計的第四款、最簡潔優雅的希臘文字體所印製，看到複雜的字母能印得如此美，不禁心生一股學希臘文的衝動。圖中所見是悲劇〈埃阿斯〉（ΑΙΑΣ）的頁面，書的尺寸 15.3 x 9.4 公分，訂價一萬七千五百英鎊。*Courtesy of Peter Harrington/ Pablo Picó*

不像西方早期大多數的印刷書，字體粗大難讀，又占空間，阿爾杜思創業之初就找來字模設計與雕刻師弗朗切思科・格力佛（Francesco Griffo），替印刷社設計了羅馬字母、希臘文、希伯來文的字體，另外又設計出一種仿手寫的斜體印刷字型，字母微微向右傾斜，1501 年阿爾丁出版的古羅馬詩人維吉爾的詩集就是西方第一本內文全以此種斜體字印行的書，但早一年（1500）他們一本書上的木刻版畫裡，已先出現了五個小字當裝飾。阿爾杜思雖然向梵蒂岡取得了獨家使用這種斜體字的專利權，期效歷經三任教宗，但仍無法遏阻其他人抄襲模仿，而且還傳到國外去，被稱為「義大利體字」，這也是為何此種字體英文稱為"italics"，法文則為"italique"，而義大利人則是"corsivo"和"italico"通用，偶爾專業人士會用"aldino"（因阿爾杜思而得名）。到底這印刷體斜體字的原始創意是來自阿爾杜思或格力佛或兩人共同發想，一直未有定論。

阿爾杜思也是印刷品上第一個使用分號（；）的人，1496 年的《談談埃特納》（*De Aetna*）出現了印刷體的分號，作者是阿爾丁智庫的主要成員

阿爾杜思 1500 年印製了一本書《錫耶納的聖凱瑟琳之虔誠書信》（*Epistole devotissime de sancta Catharina da Siena*），錫耶納的聖凱瑟琳是十四世紀的天主教女聖人、教會聖師，她的書信集在神學、文學上都占有重要地位。書中有張聖凱瑟琳的木刻版畫，她兩手捧的書與心有五個拉丁字—— iesu dolce, iesu amore, iesus，英文翻譯為 Sweet Jesus, Jesus love, Jesus，這是西方印刷史上最早出現的斜體字；次年（1501）開始，阿爾杜思以斜體字印製整本書的內文。

PETRI BEMBI DE AETNA AD ANGELVM CHABRIELEM LIBER.

Factum a nobis pueris eſt, et quidem ſe-
dulo Angele; quod meminiſſe te certo
ſcio; ut fructus ſtudiorum noſtrorum,
quos ferebat illa aetas nó tam maturos, q̄
uberes, ſemper tibi aliquos promeremus:
nam ſiue dolebas aliquid, ſiue gaudebas;
quae duo ſunt tenerorum animorum ma
xime propriae affectiones; continuo ha-
bebas aliquid a me, quod legeres, uel gra-
tulationis, uel conſolationis; imbecillum
tu quidem illud, et tenue; ſicuti naſcentia
omnia, et incipientia; ſed tamen quod eſ-
ſet ſatis amplum futurum argumentum
amoris ſummi erga te mei. Verum po-
ſtea, q̄ annis creſcentibus et ſtudia, et iudi
cium increuere ; nóſq; totos tradidimus
graecis magiſtris erudiendos; remiſſiores
paulatim facti ſumus ad ſcribendum, ac
iam etiam minus quotidie audentiores.

A

西方史上第一個印刷體的分號出現在阿爾杜思 1496 年出版印製的《談談埃特納》（De Aetna），此書的字體設計據稱是以作者皮耶特羅・本博（Pietro Bembo）的字跡為藍本，此字體因而名為「本博」並啟發後世諸多字體設計師；1929 年字體設計公司蒙納（Monotype）以其為本，推出新版的「本博」……所使用的字體。

這張油畫名為〈皮耶特羅‧本博年輕時的肖像〉，由文藝復興藝術三傑之一的拉斐爾所繪，約完成於 1506 年；畫中的本博留著及肩長髮，頭戴貝蕾帽，是當時男性的打扮，但帽子一般為黑色，他的紅帽顯示他與眾不同。拉斐爾與本博是多年好友，拉斐爾 1520 年逝世，墓碑上的墓誌銘詩句出自本博。

皮耶特羅‧本博（Pietro Bembo, 1470~1547），就是他贈送阿爾杜思那個有著海豚與錨的千年古銀幣。本博出身貴族，不僅提供許多經典的手稿給阿爾丁出版，還擔任一些書的編輯，他晚年曾任聖馬可大教堂圖書館的館長，後又被教宗任命為樞機主教。《談談埃特納》是以青年本博和父親的對話形式開展，敘述他到西西里島埃特納火山的歷程，印刷所用的字母與標點符號（含分號），是阿爾杜思委請格力佛雕刻製模的，據稱格力佛又是依據此書作者本博的手寫字體為藍本，因此這本書的字體就名為「本博」（Bembo）。

有緣共事，卻無緣長久

六十頁的小書《談談埃特納》並非什麼偉大名著，但卻是印刷史上的一個重要里程碑，只可惜阿爾杜思與格力佛兩人最後不歡而散，由於格力佛不滿阿爾杜思把斜體字的版權占為己有，1501 年投靠了他人，並曾自己開店，最後因被控以鐵棒殘暴打死女婿而消失無影；一代工匠鬱鬱而終，但歷史並沒有忘了他，數百年來一直有許多人以他的設計為基礎，再造新

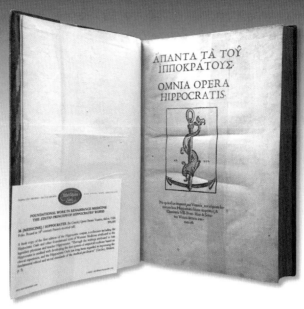

2018 年加州國際古書展有本 1526 年出版的醫學之父希波克拉底的全集，首次印刷成書，標價九萬五千美元。*Courtesy of Martayan Lan, Inc.*

字體，甚至還沿用「本博」之名。2012 年美國出版的一本小說《普努柏拉先生的 24 小時書店》(*Mr. Penumbra's 24-Hour Bookstore*；中文繁體字版譯為《24 小時神祕書店》、簡體字版為《生命之書》)，作者不僅將阿爾杜思虛構為一個留下神祕之書的人，還創造了一個字模雕刻師 Griffo Gerritzoon，明顯是以格力佛為原型，把他的姓氏用於書中角色之名。如今每回我使用分號與斜體字時，總會想起阿爾杜思與格力佛，想起他們聯手留下的輝煌史，當然也不免感慨他們有緣共事，卻無緣長久。

輕巧口袋書之推行與風行

阿爾杜思在出版史上立下的另一重要里程碑，就是書的尺寸開始大量使用八開本（octavo；紙張對折三次）。當時通用的四開本（quarto；紙張對折兩次）或更大的對開本（folio；紙張對折一次），只適合放在讀經架或檯上翻閱，有些修道院圖書室的書甚至在書封上安裝了鐵鍊，鐵鍊另一端的鐵環則穿在書架或書桌上的固定滑桿上，以防偷書賊，而阿爾丁的小八開本（16 x 9.5 公分上下）方便攜帶和閱讀，加速了知識的隨播，因此他也被視為口袋書的始祖。由印刷出版品的內容到型式，阿爾杜思全面影響了

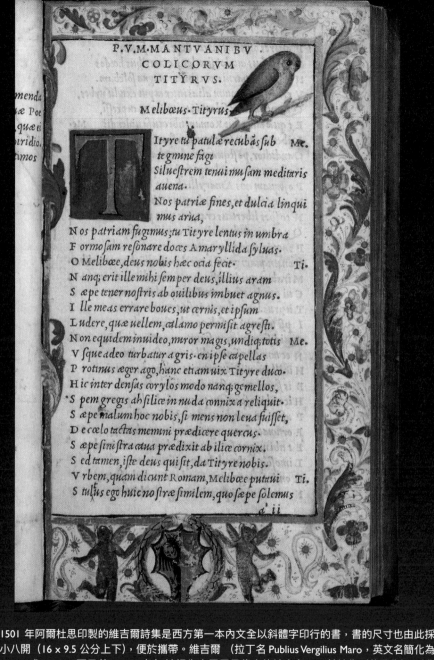

P.V.M.MANTVANIBV
COLICORVM
TITYRVS.

Meliboeus.Tityrus.

Tityre tu patulae recubas sub   Me.
te gmine fagi
Siluestrem tenui musam meditaris
auena.
Nos patriae fines, et dulcia linqui
mus arua,
Nos patriam fugimus; tu Tityre lentus in umbra
Formosam resonare doces Amaryllida syluas.
O Meliboee, deus nobis haec ocia fecit·   Ti.
Nanq; erit ille mihi semper deus, illius aram
Saepe tener nostris ab ouilibus imbuet agnus.
Ille meas errare boues, ut cernis, et ipsum
Ludere, quae uellem, calamo permisit agresti.
Non equidem inuideo, miror magis, undiq; totis   Me.
Vsque adeo turbatur agris. en ipse capellas
Protinus aeger ago, hanc etiam uix Tityre duco.
Hic inter densas corylos modo nanq; gemellos,
Spem gregis ah silice in nuda connixa reliquit·
Saepe malum hoc nobis, si mens non leua fuisset,
De coelo tactas memini praedicere quercus.
Saepe sinistra caua praedixit ab ilice cornix.
Sed tamen, iste deus quisit, da Tityre nobis.
Vrbem, quam dicunt Romam, Meliboee putaui   Ti.
Stultus ego huic nostrae similem, quo saepe solemus

a ii

1501 年阿爾杜思印製的維吉爾詩集是西方第一本內文全以斜體字印行的書，書的尺寸也由此採
小八開（16 x 9.5 公分上下），便於攜帶。維吉爾（拉丁名 Publius Vergilius Maro，英文名簡化為
Vergil 或 Virgil，西元前 70~19 年）被視為古羅馬最偉大的詩人之一，其詩作〈牧歌集〉、〈農
事詩〉、〈埃涅阿斯紀〉影響了但丁、莎士比亞、米爾頓、濟慈、威廉·莫里斯等作家。但丁甚
至把維吉爾寫入《神曲》，成為引領他通過地獄與煉獄的導師。十六世紀時，許多書籍的擁有
者會請藝匠彩繪裝飾印刷書，使書看起來像獨一無二的手抄本，圖中所見維吉爾詩集的書頁相
當於實際尺寸。Courtesy of T. Kimball Brooker / The Grolier Club

阿爾杜思曾以特製的藍色紙張印製書，此類藍紙書主要用來當禮物送給重要客戶，不作商業用途，現今存量比印在犢皮紙之書還少。圖中所見的藍紙書為 1514 年印製的維吉爾詩集，除了內頁是以藍紙印刷，篇章的字首大寫 A 與裝飾花紋則是純手工描繪，泥金上色，背景底色為藏藍。此書曾經是知名的法國藏書家尚·葛羅立亞（Jean Grolier, 1489/1490~1565）所擁有，現存於美國洛杉磯克拉克藝術中心的圖書館。*Courtesy of Sterling and Francine Clark Art Institute Library*

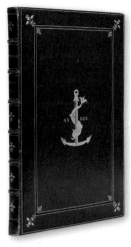

這兩冊書雖然內頁是十六世紀初期阿爾丁所印製，但它們的外貌都是在十九世紀時重新裝幀，採用不同色的摩洛哥皮，上面壓了海豚與錨的標誌。*Courtesy of Forum Auctions*

書業的發展。

1515 年阿爾杜思去世後，兒子尚年幼，印刷出版社由岳家托雷薩尼的人經營，以前的顧問群也解散了，因此輝煌不再，後來兒子帕烏路斯‧馬努提爾斯（拉丁化之名 Paulus Manutius、義大利名 Paolo Manuzio, 1512~1574）接手，雖然一度到羅馬開分店，受教宗委託而承印教廷的出版品，但整體業績並不佳，且歐洲印刷出版的重心已經移到法國和低地國家（荷蘭、比利時、盧森堡），1597 年也名為阿爾杜思的第三代孫子（Aldus Manutius, the Younger、義大利名 Aldo Manuzio il Giovane, 1547~1597）去世後，阿爾丁王朝終於結束，但百年來他們三代印製的六、七百部書卻流傳下來了，創辦者阿爾杜思的人文精神與他在印刷出版上的成就，都令做書人、愛書人欽佩不已，他使用的海豚與錨的標誌，也成了追求品質的表徵，除了上文提到的雙日出版社，還有十九世紀英國的奇士維克印刷社（Chiswick Press）、匹克林與恪托出版社（Pickering & Chatto），以及美國的手工印刷工坊，例如舊金山的葛瑞勃洪（Grabhorn Press）、緬因州波特蘭的莫雪（The Mosher Books）也以此為原型，設計出他們自己的海豚與錨版本。

此外，阿爾杜思與阿爾丁的名字也被不少團體、公司或雜誌採用，例如二、三十年前結束傳統手工排版並引發桌面出版革命的電腦排版軟體 PageMaker，就是名為 Aldus Corportation 的公司（中文有時稱「阿圖思」）

伊拉斯謨斯在他的格言集闡述 Festina Lente 這個拉丁詞條時，提到阿爾杜思曾向他展示一枚古銀幣，
正面鑄有羅馬帝國皇帝提圖斯（Titus；統治時代為西元 79~81 年）的肖像，反面是海豚與錨，圖
中上排就是此銀幣正反面圖像。1554 年阿爾杜思的兒子帕烏路斯出版了一本羅馬帝國錢幣的目錄，
其中除了含這枚銀幣的圖像（下排中），還顯示兩枚含海豚與錨的錢幣有著 Festina Lente 的字樣，
其一（下排左）出自更早的奧古斯都大帝，其二（下排右）來自多米提安（提圖斯的弟弟與繼任者）。
因緣巧合，我自己也收藏了一枚羅馬帝國皇帝哈德良（Hadrian；統治時期為西元 117~138 年）時
代的青銅幣（中排），反面一樣有海豚與錨；每當把玩這枚泛著暗綠與紫紅色澤、近兩千年歷史
的古老錢幣時，總想起阿爾丁 logo 的典故，也想起伊拉斯謨斯寫到，他並不認為這錢幣上的海豚
與錨，在商人們指掌間磨搓、交易時有什麼名氣，但當此圖像被阿爾杜思印在各種語言版本的書
頁上後，不僅變得超級有名，且令世上所有愛好文藝的人都深深愛上它，區區在下我，正是其中
一員。*Courtesy of Herman H. J. Lynge & Søn A/S（top row）*

阿爾杜思家族近百年使用的標誌有許多版本，除了海豚與錨的造型多所差異，尺寸也不一，最大的是用在對開本巨書，約 10.7×7.5 公分，多數是 5.4×4.7 公分上下，曾經也有小到 3.9×3 公分，後者效果不佳，使用幾次就廢棄。1540 年代開始，除了沿用幾款簡約的海豚與錨標誌，也開始採用較繁複的版本，例如左上角那款與此篇首頁裝飾圖，都有花圈環繞著海豚與錨，又如下一頁所列出者。

此款標誌大約於 1546 至 1554 年間短暫使用，除了正中央有海豚與錨，兩旁有天使和裝滿花果的牛角環繞，同時還打上拉丁文"ALDI FILII"，意指「阿爾杜思的兒子們」（阿爾杜思共有三個兒子）；阿爾杜思的小兒子帕烏路斯之後廢棄此標誌，可能是因他從兄長手中取得了獨家經營權之故。

所發明。根據此公司的總裁、創辦人之一保羅・布蘭納德（Paul Brainerd）在一篇文章所言，他與幾個合夥人在 1984 年創業之初要替公司命名，苦思了上百個名字，但沒有一個能傳達他們的理念與精神，直到他們有次到了奧瑞岡州立大學圖書館，一位館員協助他們找印刷與出版史的書參考，他們首次「遇見」了阿爾杜思，猶如電光火石般觸動，公司的名字於此誕生了。

在西方圖書館親炙古籍之美

西方的圖書館真是神奇的場域，我自己就不時去那「拜會」阿爾杜思，最常去的當然是我旅居所在舊金山的公共圖書館特藏區，早年在此區任職的一位資深圖書館員艾沙・丕維（Asa Peavy），除了熟知西方印刷史，私下還開過手工印刷的個人工作室，他設計印刷的小量作品，成了許多藏家的珍品，艾沙不時由館藏的數十冊阿爾丁古籍中挑出幾冊，對我述說它們的故事，每次去那都是一次豐富的宴饗，可惜他數年前退休了。

另一個拜訪的圖書館是史丹佛大學圖書館的特藏部，這裡的阿爾丁古

阿爾杜思啟用的海豚與錨標誌，引發諸多同業設計出他們的標誌；例如前兩排出自倫敦匹克林與恰托出版社，其中幾款與阿爾丁雷同，但加了拉丁文 ALDI DISCIP. ANGL. ANGLVS，意指「阿爾杜思的英國信徒」。第三排是舊金山葛瑞勃洪印刷社的標誌，其中兩款海豚銜著號角，因社名"Grabhorn"由"grab"（抓住）和"horn"（號角）組成。第四排出自緬因州波特蘭鎮的莫雪印刷社，右下那款使用抽象的線條。

PICKERING AND CHATTO,
LONDON.

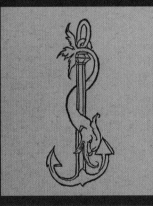

阿爾杜思 1501 年開始以斜體字印整本書的內文，圖中所見為 1502 年印製的首版但丁《神曲》。
Courtesy of PBA Galleries

籍更多了，有兩百三十冊，特藏部主任約翰‧馬士田（John E. Mustain）是我理想中的古書管理員，雖然學識淵博，但不會令人覺得高高在上，在館內經常身著輕便的短衫、球鞋，永遠笑咪咪地拿出我調閱的古書並熱心回答相關問題，即使我不是史丹佛的校友。在史丹佛大學圖書館的特藏部內，我得以同時對照阿爾杜思 1502 和 1505 年用斜體字、小八開本印製的兩版《但丁的三行韻律詩》（*Le terze rime di Dante*）有什麼異同處，此書就是後來通稱的《神曲》，為了讓我能用影像顯示書的尺寸有多小，馬士田主任還特別單手握起書讓我拍照。

在西方圖書館，一般人要接觸幾百年的古籍並非難事，大家深信美好的事物要共享，只有親眼看、親手摸，才能感受古書之美、崇敬書籍演進史，把古籍鎖在黑暗的庫房不見天日，或只放幾頁影印本展示，完全辜負了當初做書人的心意，而那些被供奉起來的書，就如養在深閨人不知的美女般令人惋惜；每回拜訪英美的圖書館，總是感嘆華文世界的圖書館特藏區普

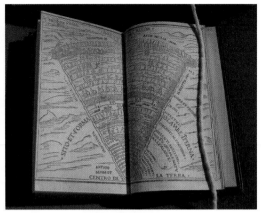

阿爾丁 1515 年再版的《神曲》，加上了木刻插畫，內含地獄圖，是小型的八開本，可隨手握讀；壓在書頁上的細白線由金屬構成，類似紙鎮功能，西方通稱為「書蛇」(book snake; 取其形狀長且可彎曲之意)。我是在史丹佛大學圖書館的特藏部欣賞到這冊書，以及許多其他阿爾丁印製的古籍。右下圖為過去幾年協助我的特藏部主任約翰・馬士田，他是愛書人理想中的古書管理員，只可惜於 2019 年 6 月退休。*Courtesy Department of Special Collections, Stanford University Libraries*

遍欠缺如此開放的想法與做法。

　　說起來，阿爾杜思還影響了我的學習與旅行計畫呢。我從 2012 年開始到舊金山的義大利中心選修基礎會話，準備找一年去威尼斯旅行，向這位印刷出版大師致意。斷斷續續學了兩年義大利文，連簡單會話都不成，但在阿爾杜思逝世五百周年的前幾個月，我還是踏上了旅程。

威尼斯聖馬可廣場旁的碼頭停泊著貢多拉（Gondola），由此可眺望聖喬治馬吉歐雷島上的同名教堂（Basilica di San Giorgio Maggiore），此教堂由文藝復興時期著名的建築師安卓亞・帕拉迪歐（Andrea Palladio）所設

計，1566 年動工、1610 年竣工。帕拉迪歐的《建築四書》（*I quattro libri dell'architettura*）是建築史上最重要的
著作之一，迄今仍是學院選讀的教科書，1570 年的首版也是在威尼斯這個出版重鎮印製。

威尼斯真正吸引我的，其實是如畫面中這般幽靜的小運河與拱橋，兩邊是尋常百姓家，一些人家門口停泊著電動小艇。島上居民外出，除了步行，當然也可去碼頭搭水上巴士，但最方便、最浪漫的，應該是跳上自家的小艇來去穿梭。

黃色建築所在曾是文藝復興時期威尼斯知名印刷、出版大師阿爾杜思之家。

　　2014 年 11 月抵達威尼斯，原以為是淡季，沒想到還是遊人如織，夾雜在一堆觀光客中，我好奇是否有人與我一樣，因阿爾杜思而來。一個清冷的午後，走過了數十個大大小小的拱橋與水道，我來到聖保羅區一棟黃色建築的前面，牆上的匾牌寫著：「在這阿爾杜思・皮爾斯・馬努提爾斯之家，聚集了阿爾丁學會，希臘文學於此回歸並照亮人們。」阿爾丁學會指的就是協助印刷社的那群智囊團，史載這些菁英會員，為了宣揚希臘文化，不僅以希臘文寫會員規則、名字希臘化，見面也以希臘語交談。

　　阿爾杜思和合夥人托雷薩尼的女兒結婚後，搬到了聖馬可區，當時的住所和工坊於十九世紀已被剷平重建，現在是一間銀行，找了好久才看到高牆上一片磚石刻著紀念字樣，最上方列出阿爾杜思和他兒子、孫子的名字，下方寫著：「印刷藝術的本源。十六世紀時，經典由此處散發文明智慧之光。」其實這兩處地方早已嗅不出一絲阿爾丁的氣息，但對我而言，

帕歐羅‧龐帕洛尼古書店外景。

這仍是訪書旅程中一個不可免的儀式。

離開威尼斯後，下一站到了佛羅倫斯，頭幾天不能免俗地去了一般遊客的景點，之後在市中心一條僻靜的巷弄中，找到了古書商帕歐羅‧龐帕洛尼（Paolo Pampaloni）開的古書店，帕歐羅曾在英國開業，英文相當流利，兩人溝通無礙，帕歐羅拿出了他的一些珍藏讓我欣賞，閒談中知道我是阿爾杜思的仰慕者，還特別到威尼斯拜訪他的故居，他笑笑放下手邊之書，然後從架上抽出了另一本巨大的搖籃本（31 x 20 公分）放到我面前，一看竟然是 1498 年阿爾杜思出版的波里奇亞諾（Angelo Plitizano, 1454~1494）作品全集。

波里奇亞諾是文藝復興時期佛羅倫斯的人文主義家、詩人、語言學者，曾任羅倫佐‧德‧美迪奇孩子的家教，其中一位學生日後成了教宗利歐十世（Pope Leo X）。我記得曾讀過一則波里奇亞諾的報導，說他和謠傳中的男性戀人喬凡尼‧皮寇（Giovanni Pico della Mirandola, 1463~1494）在同一年兩個月間先後離奇死去，2007 年他們入土五百多年後，棺材雙雙被挖掘出來，由專家以科學的方法鑑定兩人的死因，最後發現屍骨都含有砒霜，推論可能是被謀殺的。皮寇正是卡爾皮王子的舅舅，就是他介紹阿爾杜思

義大利佛羅倫斯古書商帕歐羅・龐帕洛尼（Paolo Pampaloni）曾經在安伯托・艾可的書中出現，你知道是在哪一本嗎？

擔任外甥的家庭教師。皮寇天賦異稟，二十三歲時曾就宗教、哲學等議題公開與九百人雄辯，內容整理成冊──《人性尊嚴演講集》（*De hominis dignitate*），被譽為「文藝復興宣言」，直至今日義大利波隆那大學與美國布朗大學還共同合作將書頁與文本列在網站上，供大眾拜讀。

急事緩辦、緩事急辦

看我對阿爾杜思如此感興趣，帕歐羅說我若隔年二月能重返義大利，他可以邀請我參加阿爾杜思俱樂部（Aldus Club）紀念他逝世五百周年的活動，到時會有精彩的展覽、演講；我當然知道米蘭這家阿爾杜思俱樂部，這是一個藏書家、愛書人的俱樂部，以小說《玫瑰的名字》（*Il nome della rosa*）聞名於世的學者作家安伯托・艾可（Umberto Eco）就是此俱樂部的創辦人與會長，艾可自己是個藏書狂，我特別喜歡他寫的書話散文，帕歐羅與艾可是老友，也是會員之一，聽他這麼說，已開心至極，誰知他又補上一句，看我到時運氣好不好，說不定有機會去艾可的書房。

唉，可惜啊可惜，可惜我因故錯過了隔年這個邀約和盛會，再過一年，

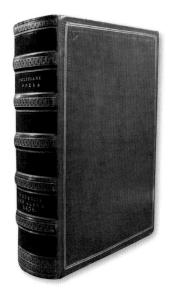
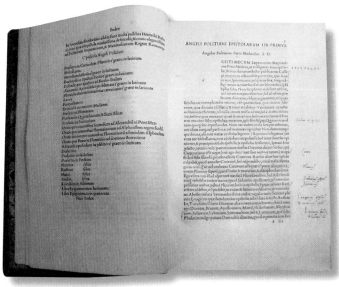

文藝復興時期佛羅倫斯的人文主義學者波里奇亞諾以寫作嚴謹、優雅著稱，1494 年他才去世，景仰他的阿爾杜思四年後（1498）就出版了他作品的全集。此巨書的尺寸為 31.2 x 20.5 公分，比阿爾丁日後慣用的小開本大四倍；頁面上下與外緣留白多，方便讀者寫心得、註記，右頁左上角看似突兀之空白處，其實印了極小的一個字母 "e"，為何如此？原來是為了讓有些希望印刷書看起來更美、更獨特的人，買了書後可以自行找藝匠在上面手工彩繪字首的大寫，就如本篇頁 23、24 圖中所見的書那般。

艾可也離世了。我不時默念阿爾杜思的座右銘 Festina lente ——急事緩辦，但很多時候，還真該緩事急辦，不是嗎？只不過我總欠缺分辨的智慧，所幸書比人長壽，我們還是能讀到艾可寫的書，能在古書店、古書展、拍賣會、圖書館特藏區不時翻閱阿爾丁古籍，並對書頁上那隻纏繞在錨上的可愛海豚微笑。🦋

後記 有意思的是，在所有的阿爾丁印刷品中，知名度最高、話題最多，並受到許多人追捧的，並非那些系出名門的學院派經典，而是一本非主流的夢幻奇書，究竟這是什麼書？就請讀完此篇，再讀讀下一篇專文介紹。

初稿刊登於 2019 年 1 月 28、29 日

北景只待成追憶。年初在加州國際古書展和幾位義大利書商聊起，得知帕歐羅退休了，那家風雅的古書

《尋愛綺夢》

最美麗、最難讀之書

Hypnerotomachia Poliphili

2015 年是印刷、出版大師阿爾杜思去世
五百周年，義大利特別出了紀念郵票。

文藝復興時期創立於威尼斯的阿爾丁印刷出版社（1494~1597），百年來家族三代印製約六、七百部書，普遍認為第一代阿爾杜思監製的一百三十多部品質最佳，其中幾十部是搖籃本（指 1501 年前活字印刷術誕生初期所印之書），特別受到藏家的喜愛，但偏偏阿爾杜思 1502 年才開始於書中扉頁打上海豚與錨的正記商標，讓不少阿爾杜思控扼腕嘆息，這就像車迷買了輛名牌超跑、但少了 logo 般難以忍受，多半的收藏家都患有強迫症，一般人難以想像；但這些搖籃本中，還是有一部他們特別渴望得到的「夢幻」之書。

阿爾杜思 1499 年印製了一部怪奇之書，被封為印刷史上最美麗、最難讀之書，書名 Hypnerotomachia Poliphili 超級拗口，是作者自創的語詞，如果以希臘文拆解，大致可譯為《波力菲羅夢中尋愛》。台灣多年前引進一本 2004 年出版的英文小說《四的法則》（The Rule of Four），內容以一群師生爭相破解這部書的謎團為主軸，中文版將書名譯為《尋愛綺夢》，本文姑且就用此名。

《尋愛綺夢》有張插畫赫然出現了橫式的海豚與錨，圖片下方還跟著一排拉丁文格言「永遠急事緩辦」（Semp festina tarde）；但伊拉斯謨斯在 1508 年出版的格言集中闡述這句格言時，提到阿爾杜思曾向他展示一枚鑄有海豚與錨圖案的古羅馬錢幣，它又是來自本博多年前的饋贈；究竟阿爾杜思是因何引發靈感而設計出海豚與錨的標誌呢？答案只有他才知道了，其實真正耐人尋味的是圍繞《尋愛綺夢》這部書的種種謎團。

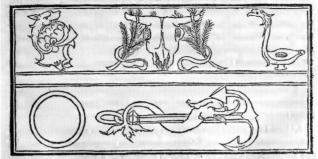

《尋愛綺夢》書中插畫出現了橫式的海豚與錨，圖片下方還跟著希臘文與拉丁文字句「永遠急事緩辦」。

文與圖處處藏玄機

　　《尋愛綺夢》的前言出自一位名為李奧納多‧克拉索（Leonardo Crasso）的富裕律師，他在文中寫到，自己不久前拿到書的手稿，為了不讓它繼續存留於黑暗中，因此決定自己花錢出版、印刷；換言之，阿爾杜思是受克拉索委請來執行這本書的製作。至於作者是何人？和克拉索又有何關係？書中都無說明，但細心人士發現，主文的三十八個字首花體字組合在一起，出現的拉丁語句是 POLIAM FRATER FRANCISCVS COLVMNA PERAMAVIT，表示「弗朗切斯科‧柯隆納弟兄深深愛著波麗雅」，因此許多人推斷作者為弗朗切斯科‧柯隆納（Francesco Colonna），是當時威尼斯的一位修士，又有人說是羅馬的一位貴族，當然也有人認為兩者皆非。

　　此書原文看似義大利方言，但其實結合了大量拉丁文、希臘文字根，很多語詞是作者自創，全書含豐富的希臘羅馬神話典故，就連我手上的英譯本都無法忠實表達原意，但搭配著書中約一百七十二幅的精美木刻版畫，可以了解全書描述男主角波力菲羅（Poliphilo）在夢境中尋找他的戀人波麗雅（Polia），旅程中他神遊了森林、古蹟廢墟、廟宇、金字塔、古典花園、方尖紀念碑、狂歡節慶，一路碰到狼、三個舌頭的龍，遇見皇后、女神、仙女、天使、各種人神動物與怪物，插畫中還有許多說不出名的雕像、器皿、銘文、圖騰、圖表、可以移動的噴泉，其中穿插拉丁文、希臘文、希伯來文、

到底《尋愛綺夢》書中的一百七十二幅木刻畫的設計者與雕刻者是誰？是否又為同一人？學者們對此一直未有定論。由於其中兩幅木刻畫的下方出現了小寫字母".b."與"b"，因此不少人認為至少其中一位是當時的微型圖畫師（miniaturist）、地圖製作師班內德托‧波多內（Benedetto Bordone, 1460~1531）。

轟立於羅馬市中心彌涅耳瓦廣場（Piazza della Minerva）那尊背負方尖碑的大象雕像，是教宗亞歷山大七世委請義大利雕塑家、建築師紀安‧羅倫佐‧柏尼尼（Gian Lorenzo Bernini）所設計監製的作品，於 1667 年完成。梵蒂岡的圖書館中，存有一冊教宗亞歷山大七世的藏書《尋愛綺夢》，上面有密密麻麻的手寫註記，一般咸認柏尼尼自此書而得到設計這雕像的靈感。*Courtesy of Ethan Doyle White*

此畫中描繪村民在希臘神話生殖之神普里阿普斯（Priapus）的祭壇前歡慶，前方有人抓著驢子放血。這幅木刻畫以大篇幅滿版的細緻刻工著稱，有些書因審查之故，此頁普里阿普斯勃起的巨大生殖器被塗抹掉。

阿拉伯文和偽埃及象形文字。許多畫面如田園詩般優美，有些場景卻含情色和血腥，但看了毫無反感，頗像成人版的童話，這些圖像也讓我聯想起四百年後英國插畫家歐伯利・比爾茲里（Aubrey Beardsley）的頹廢畫風。

五百年來諸多人爭相解碼

《尋愛綺夢》之所以引人，在於它的美，美在那一百七十二幅令人目不暇接的木刻插畫；美在那格力佛設計的改良版字體本博（此改良版字體後人又稱為 Poliphilus，以書的主人翁命名）；美在那萬千變化卻不顯零亂的版型。大凡做書之人，都知道這書的排版有多難，又是木刻版畫、又是鉛字版，往往還在同一頁面，文字排列常呈不同形狀，即便在電腦軟體做稿的年代，看來還是令人屏息，五百年來不知有多少人由此書尋找靈感。因此，當這樣一本書呈現在你眼前，文本讀不懂也沒關係了，這種「讀不懂」，反而成了一種距離美、神祕美。

《尋愛綺夢》之所以引人，還在於它的玄，作者、插畫者皆不詳，且書中文字與圖片似乎處處藏有玄機，數百年來許多人都想解碼或賦予詮釋。學文的爭說哪個情節和哪本書相似；搞建築的分析書中那些怪異的建築物，甚至用 3D 重建，波士頓公共圖書館就把此書主題歸為建築寫作；有人由心理學、語言學、音樂、考古學、神話、煉金術等等角度來解析書；心理學大師榮格曾暗指他後來收集古拉丁文的煉金術文集和此書有關。

以收藏幻想、神祕、謬誤之書著稱的學者作家安伯托・艾可曾在幾篇談藏書的散文中數度提起《尋愛綺夢》，他還把此書寫入自己的小說《羅安娜女王的神祕火焰》（*La misteriosa fiamma della regina Loana*），《羅》書中主人翁的博士論文就是研究《尋愛綺夢》這本奇書。艾可的小說和《尋愛綺夢》有頗相似的特質，兩者皆天馬行空、旁徵博引、神祕隱晦、虛實交錯，也難怪他會鍾愛此書。

艾可有次提到他米蘭的家有部首版的《尋愛綺夢》，他的一位藏書家鄰居正巧也有一部，他們倆住處對面史佛切思科城堡（Castello Sforzesco）內的楚浮奇阿納圖書館（Biblioteca Trivulziana）也藏了一部，他笑說那區應該是首版《尋愛綺夢》出現密度最高之處；但我日後在訪書過程中，發現了密度更高之處——美國加州州立大學柏克萊分校的班克勞馥圖書館（The

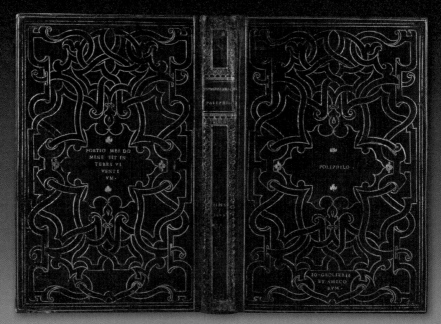

《尋愛綺夢》這部又奇又美之書，受到歷任主人們的悉心照顧，歷經五百多年後，還是不時能見得到她的芳蹤。2010 年 7 月 7 日倫敦佳士得拍賣一位藏書家的諸多珍藏，4 月曾先在紐約市預展，其中就有一部《尋愛綺夢》（上），我有幸趕上；此書以 313,250 英鎊賣出，當時折合 473,321 美元，是目前所知成交價格最高者，何以如此貴？除了書況良好，主要在於其不凡的「身世」。這部書曾是尚・葛羅立亞（Jean Grolier, 1489/1490~1565）所擁有，葛羅立亞為十六世紀法國的大藏書家，長期支持阿爾杜思家族的印刷出版品，一度還成了他們在巴黎的代理商。葛羅立亞以熱愛裝飾性強的裝幀著稱，上面這部《尋愛綺夢》由日後成為法國皇家裝幀師的宮瑪爾・艾提安（Gommar stienne）裝幀，牛皮書封上以泥金壓出的交織箍線條飾是葛羅立亞喜歡的風格，下方印著拉丁文 "Io. Grolieri et Amicorum." 意思是「屬於尚・葛羅立亞與他的朋友」，顯示他樂於分享。此部書十九世紀初期的擁有者為戴安娜王妃的先祖史賓塞伯爵二世（2nd Earl Spencer, 1758~1834），此君又是另一位大藏書家，據稱擁有最齊全的阿爾丁印刷品，至於為何此書會自史賓塞家族流出，又是一段故事，留待未來再敘。現今這部書的主人是美國藏書家慶波・布魯克（T. Kimball Brooker），2015 年阿爾杜思去世五百周年，曾在紐約市的葛羅立亞藏書家俱樂部（The Grolier Club）展出。俱樂部掛了張油畫（左下），是十九世紀末法國畫家弗朗索瓦・弗拉芒（Francois Flameng）描繪葛羅立亞拜訪阿爾杜思之家的假想畫面。 *Courtesy of T. Kimball Brooker (top), The Grolier Club (bottom left)*

既然是夢遊記，男主角當然在夢中和女主角結合。

Bancroft Library），單是此館的珍本庫房裡就藏有三部，當館員小心翼翼把這三部首版的《尋愛綺夢》取出，放在閱覽室的超大書桌上供我同時翻閱、比對它們的裝幀、書況有何差異時，對我這個重度書迷而言，桌上擺出的就是一道滿漢全席大餐。

綜觀阿爾杜思的作品，多半都是傳統的經典、工具書或宗教書，極少用插圖，《尋愛綺夢》這部帶有頗多情色描述、狀似羅曼史的玄祕插圖本，在嚴肅的書單中顯得格外突兀，為何他會出版此書？根據一些學者研判，可能是人情因素、也可能是因為克拉索開出了漂亮的高價，難以抗拒。阿爾杜思一般都在書中顯著處打上印刷時間和名號，於此書卻擠在小字排得密密麻麻的勘誤表最後一頁、最後一行，似乎無意要人看到。有些研究者分析這可能是《尋愛綺夢》並非像多數書由阿爾杜思主導內容編輯、寫前言、執行排版印刷並自負盈虧，情感投入沒有那麼深之故，這種論調不無道理；如果把出版書比喻為生孩子，那麼《尋愛綺夢》這個漂亮小孩之於阿爾杜思，只能算是代理孕母生下的產物，而非親骨肉。

但另一派人則提出不同觀點，他們認為阿爾杜思如果真的不想別人知道《尋愛綺夢》是他印的，大可不必在書上列名；這部書的圖文內容雖非他主控，但配上他獨特設計的字型與版型，成就了美學與技術上的極致典範，事實上，追求完美的他，當初接下此書的原因之一，很可能是為了要

什麼是幸福？對我而言，能在加州州立大學柏克萊分校的班克勞馥圖書館同時翻閱、比較三部 1499 年版的《尋愛綺夢》，就是一種極樂幸福。這三部書雖同時期印製，但歷經五百年後，際遇各不同，樣貌也不同；不知在何時何地，它們的某任主人將三邊書口分別刷成黑色、紅色與金色，封面並各以黑色、紅棕色、鵝黃色的皮革裝幀，皮革上還壓印有不同的紋飾；其中刷金邊、鵝黃色封皮那部，明顯裁切過，尺寸比其他兩冊略小些。*The Bancroft Library, University of California, Berkeley (f 118.V3M28.1499c, c.2 & c.3)*

在史丹佛大學圖書館特藏區，捧讀五百多年前阿爾杜思印製
的奇書《尋愛綺夢》並對照法國版，乃是人生一大樂事。

挑戰編排的複雜度，他對如此精巧的組合想必頗自豪，知道這是書業生涯
中難以再現的奇景，才會忍不住在書末打上印記。

追隨《尋愛綺夢》的芳蹤

　　無論我們相信哪種解讀，都得感謝李奧納多·克拉索，幸好有他出資，
否則這部豪華版的夢幻奇書很可能無緣問世。當時每部書要價一個杜卡特
（ducat；當年威尼斯流通的金幣，一個杜卡特為 3.545 克、99.47% 純金），
現價等值約台幣四千五百元，由於所費不貲，加上內容晦澀，以致銷售甚差，
克拉索在書出版快十年時向當局提出繼續保護版權的申請，文件中抱怨因
為戰亂等因素，使得他花幾百杜卡特印的書都賣不出去。一直到 1545 年，
阿爾杜思的後代才再版《尋愛綺夢》，但當年的插畫木刻版缺了幾幅，漂
亮的字首木刻花體字也不見蹤影。再過一年（1546），法文版發行，木刻畫
重新製作，受到普遍歡迎。

　　現今一些圖書館特藏區都見得到首版的《尋愛綺夢》，拍賣場與古書
展不時也出現，價格由幾萬到幾十萬美元不等，取決於書的品相、裝幀、
前任擁有者是否有名、是否含有意思的眉批等因素。這些年有幸在不同處
翻閱近十部首版的《尋愛綺夢》，也算是我和阿爾杜思的緣分。

初稿刊登於 2019 年 1 月 29 日

ce ligatura alla fiſtula tubale, Gli altri dui cũ ueterrimi cornitibici con﹦
cordi ciaſcuno & cum gli inſtrumenti delle Equitante nymphe.

Sotto lequale triũphale ſeiughe era laxide nel meditullo , Nelãle gli
rotali radii erano infixi , deliniamento Baluſtico ,graciliſcenti ſepoſa
negli mucronati labii cum uno pomulo alla circunferentia . Elquale
Polo era di finiſſimo & ponderoſo oro, repudiante el rodicabile erugi﹦
ne,& lo'incédioſo Vulcano,della uirtute & pace exitiale ueneno. Sum﹦
mamente dagli feſtigianti celebrato,cum moderate , & repentine
riuolutióe intorno ſaltanti,cum ſolemniſſimi plauſi , cum
gli habiti cincti di faſceole uolitante,Et le ſedente ſo﹦
pra gli trahenti centauri . La Sancta cagione,
& diuino myſterio,inuoce cóſone & car﹦
mini cancionali cum extre
ma exultatione amo﹦
roſamente lauda
uano.

✳✳
✳

EL SEQVENTE triúpho nó meno mirauegliofo dl primo. Impo
che egli hauea le q̃tro uolubile rote tutte, & gli radii, & il meditullo defu
fco achate, di cádide uéule uagaméte uaricato. Ne tale certaínte geftoe re
Pyrrho cú le noue Mufe & Apolline i medio pulfate dalla natura ípffo.
Laxide & la'forma del dicto q̃le el primo, ma le tabelle erão di cyaneo
Saphyro orientale, atomato de fcintille doro, alla magica gratiffimo,
& longo acceptiffimo a cupidine nella finiftra mano.

Nella tabella dextra mirai exfcalpto una infigne Matróa che
dui oui hauea parturito, in uno cubile regio colloca
ta, di uno mirabile pallacio, Cum obftetrice ftu
pefacte, & multe altre matrone & aftante
NympheDegli quali ufciua de
uno una flammula, & delal-
tro ouo due fpectatiffi
me ftelle.

* *
*

前兩頁、此頁上排與中排左的四個畫面，是《尋愛綺夢》中極為搶眼的跨頁，除了木刻版畫展示人頭馬、白象、獨角獸、波斯虎拉凱旋車列隊的壯觀景象，文字倒三角形的排法也令人印象深刻。中排右的木刻圖描繪男主角波力菲羅與女主角波麗雅在夢中初遇的景象。下排的三個連環木刻圖含超現實的暴力與血腥，頗像成人版的漫畫。

《尋愛綺夢》以大量篇幅敘述建築、雕塑、壁畫、園林、廢墟等，並配上木刻版畫，因此又被歸為建築類書寫。除了倒三角形的文字排法，有時頁面會出現類似杯子容器的形狀，例如上排右；有些字首還是精巧的木刻圖，例如下排右的 S 與前頁中排左的 A。《尋愛綺夢》被封為史上最美麗之書，是否誇大，讀者只有自行判斷了。

讀書筆記

　　對於阿爾杜思、阿爾丁、《尋愛綺夢》的歷史或相關故事感興趣者，即使不懂義大利文、拉丁文、希臘文，透過一些英文專書，依然可以獲得許多知識與趣味。例如馬丁・勞律（Martin Lowry）1979 年的著作《阿爾杜思・馬努提爾斯的世界：文藝復興時期威尼斯的貿易與學術》（*The World of Aldus Manutius: Business and Scholarship in Renaissance Venice*）就是一本扎實的傳記，此書由英國的布萊克威爾（B. Blackwell）出版社和美國康乃爾大學出版社同時出版，能得到兩家知名學術類出版社共襄盛舉，可知其重要性。

　　勞律在書中結尾作出嚴苛評論，指出阿爾杜思長期被過度美化，例如他監製的經典以嚴謹編輯著稱，但近年來在專家學者們的檢視下，發現諸多問題，主要是他所採用的手抄本多半來自朋友的收藏，並非最佳版本，欠缺批判性的交叉比對與推敲；勞律認為阿爾杜思的智囊團或所謂的「阿爾丁學會」，不過是短暫存在的社交俱樂部，其中僅有少數正好是對某專業有權威且認真負責編輯與校對；至於那部最有名的作品《尋愛綺夢》，也非他主責。讀到此，一堆阿爾杜思迷大概會很受挫，但勞律還是推崇阿爾杜思是大眾啟蒙與社會改進的先導者，並讚賞他的決心與謀略，能說服合夥人大規模出版不易印製的希臘文經典，且因他與上流階層及學術圈的良好關係，使得大量生產的印刷書受到尊重，西方活版印刷術初期，一般人還是看重手抄本、看輕印刷書，阿爾杜思扭轉了不少人的偏見。

　　《新阿爾丁研究：阿爾杜思・馬努提爾斯的生活與工作記錄文集》（*New Aldine Studies: Documentary Essays on the Life and Works of Aldus Manutius*）是另一本佳作，作者哈利・喬治・弗萊切三世（Harry George Fletcher III）考證詳實，書中列出十九個不同版本的阿爾丁早期 logo，除了標注實際尺寸，還以原寸印刷，此外還附錄了阿爾杜思 1506 至 1515 年間前後四次公證的遺囑內容，以及他向威尼斯共和國與羅馬教廷提出的版權保護申請文件，比較可惜的

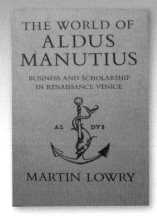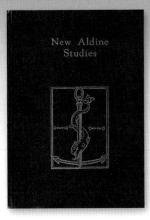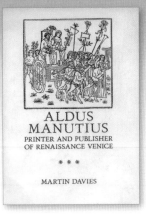

這三個書封影像分別取自馬丁‧勞律的《阿爾杜思‧馬努提爾斯的世界》(左)、喬治‧弗萊切三世的《新阿爾丁研究》(中)、馬汀‧戴維斯的《阿爾杜思‧馬努提爾斯》(右)。

是，這些文件和遺囑都是以義大利文原文呈現，並未翻譯成英文，以致我得一直查字典；這本著作由書業曬稱巴尼（Barney）的國際知名學者古書商伯納‧羅森叟（Bernard M. Rosenthal, 1920~2017）於 1988 年出版，限量六百本，現今一本二手書極為難尋，偶爾出現，標價也超過一百五十美元。羅森叟家族數代經營古書，是西方古書業的王朝，巴尼一直到九十六歲去世前還活躍古書業，我有幸在他晚年八十歲時與他結識，如今翻閱這本書，就如見到他。

弗萊切另有本著作《讚頌阿爾杜思‧馬努提爾斯》（*In Prasie of Aldus Manutius*），這是配合 1995 年紐約市摩根圖書館紀念阿爾丁印刷社五百周年所作的展覽而寫的專書，弗萊切時任摩根圖書館印刷書與裝幀部的主任；同年還有一本馬汀‧戴維斯（Martin Davies）的著作《阿爾杜思‧馬努提爾斯：文藝復興時期威尼斯的印刷師與出版家》（*Aldus Manutius: Printer and Publisher of Renaissance Venice*），雖然僅六十四頁，但重點闡述阿爾杜思印刷與出版的關鍵歷程並輔以三十多張圖片對照說明，許多頁面以原寸顯示，令人印象深刻；戴維斯當時是大英圖書館搖籃本部門的主任，此書英國版與美國版分別由大英圖書館、保羅‧蓋帝博物館出版。

上述幾本關於阿爾杜思的書，雖然由學者執筆，引經據典、研究深入，但寫得生動有趣，讀起來一點也不枯燥，書中的論點經常被其他書引用，是我喜歡閱讀的參考書，以下談談幾本專門關於《尋愛綺夢》之書。

1963 年英國尤格拉米亞出版社（Eugrammia Press）以珂羅版（Collotype）

1963 年英國尤格拉米亞出版社出版的《尋愛綺夢》首版復刻本，以紅色摩洛哥皮裝幀，另附黑色書套與一本學者喬治·潘特寫的導讀別冊《夢、夢想家、藝術家、印刷師導論》。

印刷方式出版了《尋愛綺夢》首版的復刻本，紅色摩洛哥皮裝幀出自知名工坊冉斯朵夫（Zaehnsdorf），可惜文圖印刷效果並不是特別好。但學者喬治·潘特（George D. Painter）為此書寫的導讀別冊《夢、夢想家、藝術家、印刷師導論》（*An introduction on the Dream, the Dreamer, the Artist, and the Printer*），短短二十四頁卻精彩異常，潘特把 1455 年的古騰堡聖經和 1499 年的《尋愛綺夢》作了一個對比，他說這兩部書正好是搖藍本初期與末期印製的書，同樣傑出，卻也鮮明對立，前者是抑鬱嚴厲的德國、歌德、基督教與中世紀風，後者則是燦爛優雅的義大利、古典、非基督教和復興風，兩者都是印刷術的登峰造極之作，正好矗立於人類奮力和慾望的兩端；此段精闢的評論經常被學者、古書商引述。

雖然早在 1592 年英國就已經出版了《尋愛綺夢》的英文譯本，但只節譯了約三分之一的原著，譯文還被指稱有極多錯誤，使用的木刻畫也拙劣。首部完整的《尋愛綺夢》英文翻譯本直到原著出版五百周年（1999）才推出，由作曲家、音樂學家、翻譯家喬瑟林·高德溫（Joscelyn Godwin）執

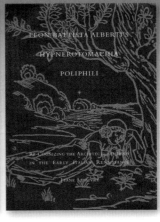

這三個書封影像取自喬瑟林‧高德溫翻譯的英譯本《尋愛綺夢》(左)、海倫‧巴洛里尼寫的《阿爾杜思與他的夢幻之書》(中)、莉安‧雷菲瓦寫的《萊昂‧巴蒂斯塔‧阿貝提的尋愛綺夢》(右)。

筆翻譯;由於原文用法的獨特性,高德溫必然無法如實轉譯,且他還略過一些圖中的碑文和希臘文,但這個譯本對想多了解《尋愛綺夢》且能閱讀英文的普通讀者,是本不可缺的參考書。另外,海倫‧巴洛里尼(Helen Barolini)寫的《阿爾杜思與他的夢幻之書》(*Aldus and His Dream Book*)是本淺顯易讀的入門介紹書;這兩本書都複製了《尋愛綺夢》原版的一百七十二幅插畫與排序。

　　學者莉安‧雷菲瓦(Liane Lefaivre)寫了一本有意思的書——《萊昂‧巴蒂斯塔‧阿貝提的尋愛綺夢——重新認知早期義大利文藝復興時期的建築體》(*Leon Battista Alberti's Hypnerotomachia Poliphili: Re-Cognizing the Architectural Body in the Early Italian Renaissance*);萊昂‧巴蒂斯塔‧阿貝提(Leon Battista Alberti, 1404~1472)是文藝復興時期的建築師、人文主義作家、藝術家、詩人、語言學家、哲學家、密碼學家與修士,阿貝提的博學通才經常被拿來與達文西相提並論,是典型的「文藝復興人」(Renaissance Man)。雷菲瓦否定《尋愛綺夢》的作者是一般認定的修士或貴族弗朗切

法文譯本的《尋愛綺夢》1546 年於巴黎出版，此版本於 1553、1561 年再版，顯示比 1499 年義大利原版要受到歡迎，版畫與版型仿照義大利版，可與本書頁 52、53 對照。

斯科‧柯隆納，她指出書中充滿了古典神話、天文、地理、藝術、音樂、樂器、舞蹈、織品、園藝、植物、礦物、煉金術、儀典程序的細節敘述，尤其是一堆建築的知識與術語，和對幾種語言的嫻熟運用，她認為只有通才博學的萊昂‧巴蒂斯塔‧阿貝提才是最有可能的作者，她以細膩綿密的方式來支持這個論點。雷菲瓦還在書中比照了法文版與原文版兩者木刻圖的差異，更列出一些被查禁的頁面。此外，雷菲瓦對書中主角波力菲羅膽子小，卻色瞇瞇的性格分析也極為有趣。

　　早年只翻看《尋愛綺夢》中的木刻畫時，我以為書中內容多半是男女主角在談情說愛，直到讀了英文譯本，才發現男主角波力菲羅看到、說到、摸到、想到建築物與人造物時，產生的感動、激情與狂喜，更強於他對戀人波麗雅的思慕與渴望，幾乎到了一種難以想像的病態程度。

　　雷菲瓦曾列出一個統計數據，《尋愛綺夢》用了兩百頁的篇幅敘述建築物，單是描述前面出現的金字塔建築就占了五十頁，其中五頁

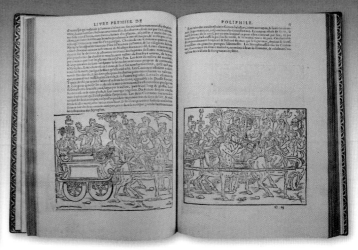

1600 年的法文版《尋愛綺夢》沿用 1546 年版之譯文與版畫，但加了新的長篇導論並換了書名，書的內頁版型也不相同。*Courtesy Department of Special Collections, Stanford University Libraries*

專門寫前方入口拱門；另有三十五頁、十五頁分別描述廢墟與維納斯神殿；三十六頁鉅細靡遺描繪希臘基希拉島（Kythera）上的園林景觀；另有六十頁描述人頭馬、白象、獨角獸、波斯虎、羊男（半人半羊）拉凱旋車列隊的幾個場面，以及二十頁關於音樂與舞蹈、十多頁關於宴飲的食品與場景；全書真正談到愛情部分，不過三十多頁。

　　想必許多讀者與我都會發出一連串疑問：到底為什麼有人要寫如此博學、怪奇、難解之書？此人到底是誰？一部如此複雜之圖文書，作者幾乎不可能不與木刻畫的設計者、刻工、排版員、印刷師密切溝通，何以會沒有走漏風聲？很難相信阿爾杜思會不知道作者是誰，但他和出資者李奧納多‧克拉索以及書中兩位題辭者為何都守口如瓶？如此一部超凡之書，有哪位作者會選擇低調成為無名氏？到底為何此人要隱身匿名？一連串的問題，迄今還是無人給出完全信服的答案，但正是這些重重謎團，使得此書五百多年來話題不斷，前仆後繼有人企圖解密，餵養我們這些好奇心重的愛書人。

初稿刊登於 2019 年 1 月 29 日

加州國際古書展花絮

California Rare Book Fair

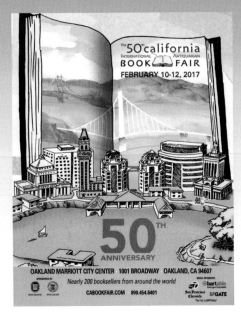

2017 年的加州國際古書展在奧克蘭進行，海報上出現了金色阿拉伯數字，象徵這年是第五十屆。*Courtesy of Antiquarian Booksellers' Association of America*

2017 年 2 月中的加州國際古書展尚未開幕前，書業與媒體就已議論紛紛，大家談的內容並非即將展出的珍品，而是一批原本要展出卻失竊的古書，共一百七十二本，但總價值高達約兩百五十萬美元，其中包含一些罕見的古老版本。

竊案發生的地點不在美國加州，而是在英國倫敦，1 月 29 日深夜，這批來自義大利與德國的古書暫放在希斯羅機場不遠的一間倉庫，等待次日轉運到美國奧克蘭，參加第五十屆的加州國際古書展，竊賊選在凌晨時分做案。

根據報導，三個竊賊先攀爬至倉庫頂，鑿破天窗的強化玻璃，綁著繩索由 40 英呎（約 12 公尺）高處垂降而下，按照清單上的報價，從四個上了鎖的金屬箱內，取出了最貴的一百七十二本書，分放在數個旅行袋中，人與書從天窗被拉回屋頂，再下到地面，搭上等在一旁接應的箱型貨車逃逸。整個過程就像懸疑刺激的偵探小說情節，不少歐美的媒體不僅先後報導，有些以漫畫方式模擬犯案過程，有些還配上 1996 年上演的好萊塢電影《不可能的任務》（*Mission Impossible*）中的經典畫面，就是男主角湯姆‧克魯斯懸吊進入 CIA 總部偷機密情報那一幕，聳動的圖文使得原本鮮有人留意的古書行業，頓時間成了熱門話題。

加州國際古書展聚集了從世界各地來的古書商、藏書家、圖書館特藏區館員，與諸多的愛書人。

　　被偷的書分屬義大利與德國的三位書商，裡面除了十四世紀的手抄本、十五世紀的搖籃本（incunabulum；歐洲 1501 年以前用活字印刷方式生產的印刷品），還有許多古書業的「高點」（high spots；通指價格高昂、有歷史意義或收藏價值的重要版本），例如十六世紀義大利印製的五種不同版本的但丁《神曲》、1655~1656 年兩卷本的《伽利略作品集》、1651 年的《達文西的繪畫論》、1670 年史賓諾莎的《神學政治論》、1777 年牛頓的《自然哲學的數學原理》，每一冊都是數千到數萬歐元的珍本書。其中最引人注意的是 1566 年第二版的拉丁文《天體運行論》（*De revolutionibus orbium coelestium*），標價十七萬五千歐元。

到底誰是偷書雅賊？

　　古書失竊並非新鮮事，但多半發生於管理鬆散、保全不嚴的圖書館或古書店，數量通常也不多，如此發生在運輸中轉期的大規模打劫案卻是前所未聞。案發兩三天，國際古書商聯盟就迅速通知古書業、拍賣商與國際刑警組織，並把所有失竊書的清單公布在諸多網上，由於三位書商對每本書都有詳盡的說明與圖片記錄，例如是羊皮、豬皮或摩洛哥皮裝訂，皮上

1506 年佛羅倫斯印製的但丁《神曲》（左上），內含精美的木刻插畫，標價三萬歐元；（右上）
1578 年威尼斯印製的《神曲》，書名頁上有作者但丁的木刻肖像，標價九千歐元；1651 年巴黎
印製的《達文西的繪畫論》（下），標價一萬歐元；這幾部被竊的珍本書，如今不知下落何方。
Courtesy of Alessandro Meda Riquier

義大利古書商亞列山卓·梅達·雷庫以爾原要帶來加州古書展的書全數遭竊，展示櫃多半是空的，擺放的十來本書，都是同業提供他寄賣。千萬別小看這十來本書，其中可是包含了十五世紀末、十六世紀初阿爾杜思所印刷出版的經典。

又有何壓印裝飾，例如書扉貼了誰的藏書票或有誰的題贈詞及簽名，在某某頁有哪些註記，某某頁又有蟲蛀或水漬的痕跡、某某頁經過修補等等，因此這批贓書要公開或私下銷售幾乎不可能，眾人紛紛揣測，也許是哪位財力雄厚、心術不正的藏家，為了快速豐富收藏，買通內線得知情報並僱用歹徒為他偷書，有些想像力豐富的媒體甚至替這虛構的主使者取了個「天文學家」的代號（或許因《天體運行論》之故）。有些人則認為歹徒只是剛巧看到古書的報價如此高，因此專挑它們下手，他們或許壓根不知古書要變賣這麼難，若真如此，大夥又眾聲祈禱，盼望偷賊別一氣之下毀損這批書，或是把有版畫的書頁拆開來一張張去賣，毀了好不容易留存下的幾百年歷史文物。

在書展逛到一位書商亞列山卓·梅達·雷庫以爾（Alessandro Meda Riquier）的攤位，發現四大座玻璃櫃只稀稀疏疏放了十來本書，多數架櫃是空的，原來亞列山卓正是此次書籍失竊的三位苦主之一。他原本要送來參展的兩箱書全數被偷，年份從 1487 到 1811，共五十一本，總價達一百零七萬四千歐元（約三千五百萬台幣），雖然他被偷的本數沒有其他兩位書商多，但損失金額最高，媒體大肆宣傳的 1566 年版《天體運行論》就是他

專賣中世紀彩繪手抄本和細密畫的古書商「光彩」(Les Enluminures)，經手的物件樣樣精美又「高貴」，單單攤位前面玻璃櫃中的十本書，總價就達上百萬美元。圖中的女士蘿拉‧賴特 (Laura Light) 是擁有中世紀史學位的學者型書商。

所有，有關《天體運行論》，請參考下一篇專文介紹。

　　書商們多半都買了保險，若警方找不回書，保險公司日後自會理賠，只是過程漫長，而且書商們免不了接受例行調查，以排除自導自演、詐領保費的嫌疑。從事古書業十三年的亞列山卓沈痛地對我表示，這是他頭一遭碰到如此倒霉事，那些書都是他從藏家、同業、拍賣商等各方長年累月精心聚集的，就算有錢也無法短期內找到替代品。剛得知書被偷時，他心情糟透了，但還是決定打起精神參展，讓大家知道他不會就此一蹶不振，由於來不及從歐洲補寄書到加州，他攤位中那十來本高檔書（總價超過三十六萬美元），都是善心的美國書商供他寄賣。

獨一無二的時辰祈禱書

　　一般人大概沒想到書籍可以如此昂貴，其實只要去一些國際古書展走一回，你就會發現高價書比比皆是。例如我來到一個以專賣中世紀彩繪手抄本的書商攤位，前方一個玻璃櫃上下兩層只擺了十本時辰祈禱書 （book of hours），最便宜的一本標價五萬五千美元，最貴的一本五十二萬五千美

約 1450 年生產於荷蘭南方的時辰祈禱書，以拉丁文和法文書寫，內含八個滿版細密畫，長寬為
186 x 128 公分。圖中左頁細密畫描繪的是耶穌被綁在柱上受鞭刑的景象，旁邊兩人手上拿著藤條

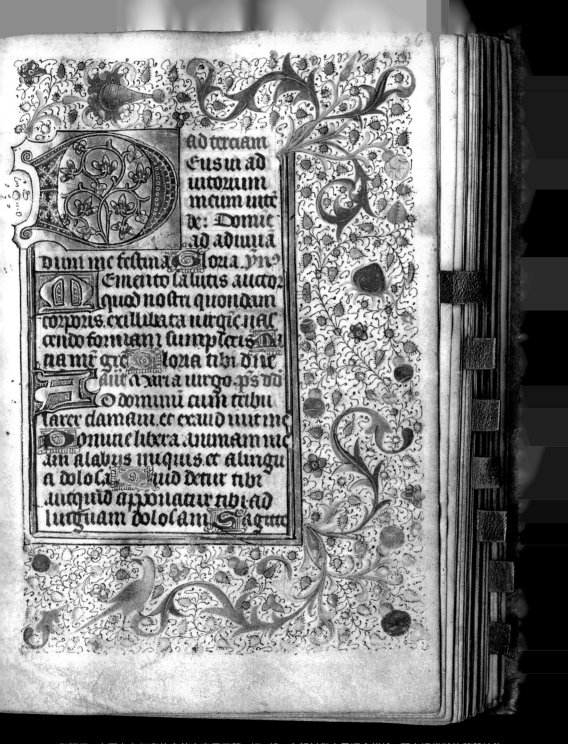

與鞭子；右頁占六行寬的字首大寫用了藍、紅、綠、白顏料與大量泥金描繪，配上渦卷狀的莖葉紋飾，
文圖周圍又以繁複的花葉、藤蔓與鳥兒裝飾，令人有美不勝收之感。*Courtesy of Les Enluminures*

十五世紀末生產的時辰祈禱書，書頁為犢皮紙，寬 11.5 公分、高 16.7 公分，由當時巴黎的藝匠手工抄寫拉丁文與法文，精心彩繪數十幅大大小小的細密畫與圖案，並大量使用泥金裝飾，標價四十萬美元。*Courtesy of Les Enluminures*

元，十本書總價超過一百一十萬美元，如果把攤位另外三方玻璃櫃中的書加上，少說有五百萬美元。這些書為何如此貴？主要是它們幾乎都是個別訂製，文圖內容針對訂製者的背景、偏好而設計，經由藝匠一筆一畫完成，製作期有時從數年到十數年不等，有些更以泥金上色裝飾，每本都是獨一無二，因此價格可直追大師級的畫作。

　　例如 2014 年 1 月 29 日紐約佳士得拍賣公司以一千三百六十萬五千美元的天價售出一本十六世紀初期的時辰祈禱書，創下同類書的紀錄。此書頁面為羊皮紙，經由幾位名家彩繪與抄寫，裝訂精美且附華麗的金屬裝飾與環扣，最早訂製者是歐洲貴族，之後成為猶太裔金融世家羅斯柴爾德家族奧地利支系三代祖傳之物，1938 年德奧合併後被納粹沒收，二次大戰後進了奧地利國家圖書館，1998 年在國際輿論壓力下，此書回歸羅斯柴爾德家族，由於「系出名門」，又有如此曲折身世，自然身價非凡，甚至在維基百科上有專門詞條。

西方書籍裝幀除了封面講究，連書口都不放過，上面可以塗金、彩繪圖案、壓紋裝飾。此為英國
十九世紀末的裝幀範例，標價一萬二千五百美元。 *Courtesy of John Windle Antiquarian Bookseller*

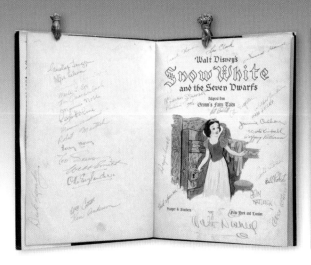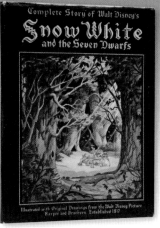

《白雪公主與七個小矮人》插圖來自同名動畫電影，書名頁與裝飾扉頁含有華特‧迪士尼與其他動畫藝術家的簽名。*Courtesy of Peter Harrington*

　　但千萬不要以為古書展全是年代久遠之書。一些書或物件，其實不到百年的歷史，例如 1937 年華特‧迪士尼製作的繪本《白雪公主與七個小矮人》（*Snow White and the Seven Dwarfs*），故事改編自格林童話，插圖來自那年推出的同名動畫電影，這也是史上第一部長篇動畫影片。英國書商彼德‧哈林頓（Peter Harrington）展出的這本頗珍貴，標價兩萬八千五百英鎊，因為書名頁與裝飾扉頁含有華特‧迪士尼與其他五十一位動畫藝術家的簽名。

鮑勃‧狄倫與吉米‧卡特

　　還有位書商展售了鮑勃‧狄倫（Bob Dylan）二十歲時首次在紐約舉辦的第一次正式音樂會的宣傳摺頁，封面印了他帶著帽子專注吹口琴的黑白照，並列出音樂會的確切時間（1961 年 11 月 4 日星期六晚上八點四十分）、地點（紐約市西 54 街 154 號卡內基小會堂）、票價（每位兩美元）和主辦單位民俗中心（The Folklore Center）的地址，內頁打字稿含狄倫小傳和幾段引句，他提到自己的喜好以及寫的第一首歌是給碧姬‧芭杜（Brigitte Bardot），他從未見過這位法國女星，心想寫了這首歌，有朝一日或許能唱給她聽。據稱那晚兩百個席次的演唱會，只坐了五十三位觀眾。那年 1 月狄倫才搬到紐約市，起初僅在格林威治村的咖啡廳或小型俱樂部遊唱，10

1976 年 11 月號《花花公子》雜誌的名人專訪是美國前總統吉米‧卡特，這本封面有卡特的簽名，簽名之處不禁令人莞爾。

月份被哥倫比亞唱片公司相中，簽下第一張合約，當時誰料到半世紀後，他竟成了諾貝爾文學獎得主呢！這張陽春宣傳摺頁，標價三千五百美元。

另外我在一個專賣美國歷任總統相關書籍、手稿與物件的「亞伯拉罕‧林肯書店」（Abraham Lincoln Book Shop）的攤位，看到一本標價六百五十美元的 1976 年 11 月號《花花公子》（Playboy）雜誌，封面是當月玩伴女郎媚眼放閃、輕解羅衫的照片，就在女郎袒露的腹部，壓著美國前總統吉米‧卡特（Jimmy Carter）的簽名。創刊於 1953 年的《花花公子》，除了女性裸照外，早期還以刊登許多名家的文學作品及深度名人訪談著稱。這一期專訪人物就是吉米‧卡特，於卡特競選總統期間進行採訪，話題由政治、宗教、婚姻、墮胎、死亡、音樂到同性戀，以虔誠信仰著稱的卡特在採訪尾聲突然提到：「我曾帶著慾望觀看許多女人，我在內心通姦多次，上帝知曉我會如此，我確實也這麼做了，但祂寬恕了我。」這段話在大選前引發諸多爭議，許多人批評他發言不妥且不該與軟性色情雜誌打交道，但不少人認為他誠實、展示人性面，這篇採訪稿負面效果居大，但卡特最終還是勝選。我在 YouTube 的實況錄影中看到卡特在與當時的總統福特進行辯論中提到，他事後檢討，若採訪可能重新來過，絕不會選擇《花花公子》。書店主人丹尼‧萬伯格（Daniel R. Weinberg）表示，這冊雜誌是卡特的朋友請他親筆簽名的，顯示他雖後悔，卻不迴避的態度。

十五世紀中期萊茵地區生產的彌撒升階聖歌樂譜，用於教堂禮拜儀式，尺寸甚為巨大，約 58 公分長、41 公分寬，書商得花極大力氣搬移。樂譜是以手工抄寫在犢皮紙上，頁面不時出現華麗的彩繪圖，例如正上方圓形的局部細節顯示，字首 P 描上泥金，並以花卉裝飾，一朵花中還冒出一隻獨角獸。
Courtesy of Jean-Baptiste de Proyart, SARL

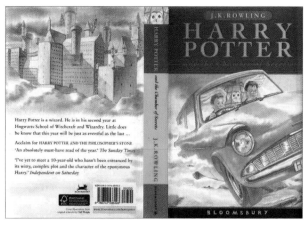

古書展出現了《哈利波特：消失的密室》英國版封底插畫的原件（左），標價五萬美元。圖中城堡為霍格華茲魔法學校；此畫是藝術家克利弗‧萊特所繪，封面畫作也是他的作品。*Courtesy of John Windle Antiquarian Bookseller*

　　許多書商也喜歡展售繪本插圖與書籍封面的原始畫作，例如書商約翰‧溫鐸（John Windle）就有哈利波特系列第二集《哈利波特：消失的密室》（*Harry Potter and the Chamber of Secrets*）英國版封底插畫原件，那是藝術家克利弗‧萊特（Cliff Wright）所繪的霍格華茲魔法學校城堡的水彩畫，此外還有二十世紀初英國繪本名家亞瑟‧洛肯（Arthur Rackam）為《李白大夢》（*Rip Van Winkle*）、《精靈市集》（*Goblin Market*）所做的一些原始插畫。

小男孩的初次「古書」展

　　這次書展，我在熟識的書商邁可‧古德（Michael Good）的攤位看到一張紙片寫著「凱稜‧古德的書在此出售」（Kellon Good / his / Books / For Sale），旁邊放了五、六本青少年的科幻與冒險小說、名人傳記與簡要歷史的二手書，每本定價不超過十美元，正當我納悶這些書怎會在此時，邁可對我解釋，他那十一歲、小學五年級的孫子凱稜，平常喜愛閱讀，日前聽說他要到古書展賣書，表示他自己也有些「古書」，能否請祖父在書展代為販售，誰能忍心拒絕一個小男孩的懇求呢？書展因而有了這麼一個可愛的小書區。後來得知，邁可賣了兩本凱稜的書，一共十七美元，小男孩開心不已。

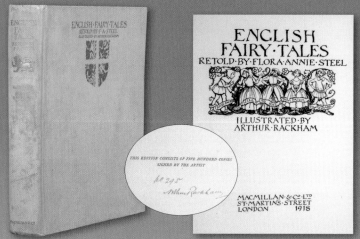

十九世紀末、二十世紀初是英國繪本的黃金年代，其中最著名的插畫家之一當屬亞瑟‧瑞肯（Arthur Rackham, 1867~1939），他為名著作畫之書常出犢皮裝幀的豪華限量版，每冊編碼並有作者簽名，例如上排那款；一些書展中常能見到他的插畫原稿展售，例如中排所見。另一個我頗喜歡的通俗插畫家路易斯‧韋恩（Louis Wain, 1860~1939），以畫擬人化的貓著稱，每回在書展看到他早期那些幽默畫作，總令我心情大好。同代小說家 H.G. 威爾斯說路易斯‧韋恩「創造了一種貓風格、貓社群、一整個貓世界。英國貓若樣貌、生活不像路易斯‧韋恩的貓，都該覺得羞愧。」韋恩晚年得了精神分裂症，在醫院的十多年間，畫風丕變，色彩異常艷麗，但貓有時抽象、有時變形，圖像宛如幻覺般。*Photos by David Brass Rare Books, Inc.*

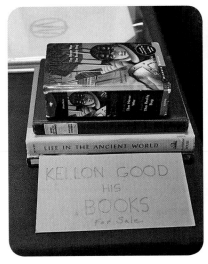

古書商邁可·古德夫婦在他們的攤位闢了一個小角落，讓十一歲的孫子凱稜·古德賣他自己的二手書，成了古書展中最可愛的書區。*Courtesy of Aimee Abel Good*

古書業的同樂會

今年是加州古書展五十周年，會場入口布置了金色氣球象徵金婚的半百年歷程，會場內有位八十四歲的資深古書商朗諾·藍道先生（Roald Randall），半世紀以來都不缺席，參與了每一次書展，大會特別在他的攤位辦了小型派對，開香檳舉杯慶祝。書展最後一天（2 月 12 日）正好是美國第十六屆總統林肯二百零八歲的誕辰紀念日，亞伯拉罕·林肯書店的主人萬伯格也趁機在攤位擺了小蛋糕歡慶，古書展其實就是一個書業的同樂會。

網路世代，愈來愈多人選擇在家營業，不再另付租金開實體書店，但古書展卻益發興旺，因為它提供了一個平台，讓來自各方的書商共聚一堂，不僅同業間可以交流，更吸引了藏家、圖書館員和大批像我這類純欣賞的訪客。對我而言，去古書展，除了以膜拜之心親眼瀏覽那些珍本書，更棒的是能親手一頁頁翻閱、親耳聽聞書商們講述古書的前世今生，這些都是我等老派愛書人的極樂享受，隨之採擷的八卦與插曲，也成了訪書生涯中難忘的花絮。🦋

初稿刊登於 2017 年 3 月 27、28 日

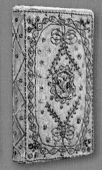

除了書，西方古書展經常還出現
陳年紙製品，例如圖中的扇子
約 1807 年巴黎的產物，印有天
使與一對男女，配上情詩；插在
木頭上的幾個紙片人，馬和騎馬
者、芭蕾舞孃與她的衣帽皆可拆
開重組，分別於十九世紀中葉德
國與法國出產，是當時的童玩。
第二排是十八世紀末法國刺繡裝
幀的盈掌小書 (約十公分高)，
布面飾有珠珠亮片金絲線，有些
還能拉出長條的年曆。第三排是
1753 年德國植物、動物學家、
醫生與探險家蓋歐格‧威廉‧
史特勒（Georg Wilhelm Steller,
1709~1746）的文集，史特勒被
視為阿拉斯加自然史的先驅，拉
頁上之海獺是根據其觀察所製之
版畫。書展也能看到東方物件，
如芥川龍之介的特別限量版《地
獄變》，昭和十一年 (1936) 東京
野田書房出版，限量一百七十部，
此冊貼有「堀田氏藏書」的書票。

安東・科貝格（Anton Koberger, 1440/1445~1513）是十五世紀末、十六世紀初德國紐倫堡的印刷與出版商，全盛時期擁有二十四部印刷機、百位員工，曾是歐洲規模最大的印刷出版商。古書展中許多搖籃本都出自科貝格的工坊，例如上排 1481 年的《教宗歷史》、第二排 1479 年的拉丁文《聖經》。最著名的是 1493 年 7 月、12 月出版的拉丁文與德文版的《紐倫堡編年史》（Nuremberg Chronicle），拉丁文版書名為 Liber Chronicarum，直譯為《編年史書》；德文版名 Die Schedelsche Weltchronik，直譯為《舍德爾之世界史》，以作者哈特曼・舍德爾（Hartmann Schedel）命名，全書含 1,809 餘幅版畫，有些手工上色。下排為拉丁文彩色與黑白版，左頁描繪上帝以亞當的肋骨創造出夏娃，右頁是兩人偷食禁果並被逐出伊甸園。Courtesy of Herman H. J. Lynge & Søn A/S (top row), B & L Rootenberg Rare Books (center row)

強納森·希爾（Jonathan A. Hill）是我所知經手初版的《天體運行論》最多次的頂級書商，太太惠是日本人，兒子日本名為喜郎，一家三口都經營古書。

在書展碰到經營絕版童書的紐約書商賈士汀·徐樂（Justin G. Schiller）（右）與丹尼斯·大衛（Dennis M.V. David），他們雖不參展，但還是來參加盛會。

專營高檔古籍的書商約翰·溫鐸（John Windle），是威廉·布萊克權威，妻子克莉絲·樂克（Chris Loker）則是絕版童書的專家。

幾年前在香港古書展認識利巴登的親切古書商保羅妹妹莫妮卡（Paul Kainbacher Kainbacher），於加州和他們

西雅圖的古書商夫婦艾德華與蘇珊·紐德曼（Edward & Susan Nudelman）專營英美歐陸印刷、裝幀精美之書，每次去他們攤位都駐足很久。

紐約書商妮娜·穆欣思基（Nina Musinsky）的藏品剛柔並濟，有十八世紀絲綢裝幀配珠片彩線刺繡的盈掌小書，也有巨型皮革裝幀的十五世紀搖籃本。

大衛·布拉斯與妻子凱洛琳（David & Caroline Brass）現為南加州的古書商，但大衛原為英國人，家族幾代都在倫敦經營書業。

美國紐澤西州「書封之間古書店」（Between the Covers Rare Books）的艾須麗·魏爾茲（Ashley Wildes）打破一般人以為古書商都是老古板的刻版印象。

古書商朗諾·藍道先生（Roald Rand 半世紀來都

澳洲豪登之屋古書店（Hordern House）的主人德瑞克・麥克東乃爾（Derek McDonnell）與倫敦老店麥格斯兄弟（Maggs Bro.）的書商修・伯雷特（Hugh Brett）都專精旅遊類古書。

威廉・瑞思（William Reese）是學者型書商與業界典範，上耶魯大學時就已經營古書，知識淵博且為人謙和；於 2018 去世，這是他最後一次的北加州書展。

史丹佛大學圖書館特藏部的主任約翰・馬士田（John Mustain）一定不會錯過加州古書展；書商們都希望他能青睞攤位中的古籍並替圖書館採買。

逛古書展的並非都是中老年人，其實也有為數不少的年輕人對古書感興趣，有些年輕父母甚至帶著小孩一起參觀，孩子們往往看得津津有味。

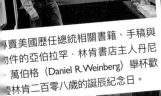

專賣美國歷任總統相關書籍、手稿與物件的亞伯拉罕・林肯書店主人丹尼・萬伯格（Daniel R. Weinberg）舉杯歡慶林肯二百零八歲的誕辰紀念日。

奧地利古書店（Inlibris）的主人雨果・魏特雪瑞克（Hugo Wetscherek）與德國考特名人手稿店的主人托馬斯・考特（Thomas Kotte）。

太平洋書籍拍賣藝廊常在會展旁舉辦古書拍賣，拍賣商格瑞格・庸（Greg Jung）是老友，可惜他英年早逝，2017 年是他最後一次在北加州古書展主持拍賣。

……（Saúl Roll）（左）與威廉・許……iam Schneider）任職於丹麥……書店（Herman H. J. Lynge & ……他們常展出搖籃本。

安卓亞・馬若基（Andrea Mazzocchi）與艾力克斯・戴（Alex Day）任職於專營高檔古籍、1847 年創立的……

由左至右四位歐洲書商分別是蘇菲・徐奈德曼（Sophie Schneideman）、提姆・余克瑟（Timur Yüksel）、班傑明・史貝德曼（Benjamin Spademan）、路波・哈利維（Rupert Halliwell）。

有關《天體運行論》

1973 年哥白尼誕生五百周年，美國發行的紀念郵票。

　　《天體運行論》（*De Revolutionibus Orbium Coelestium*）是波蘭天文學家尼古拉‧哥白尼的傳世之作，這本書提出太陽是宇宙的中心，地球圍繞著太陽運轉的「日心說」理論，否定了西方科學界與宗教界長期以來公認的「地心說」世界觀，亦即地球為宇宙的中心，太陽是圍繞著地球運轉。哥白尼雖然在十六世紀初就已經記載了「日心說」的理論，也許基於謹慎或擔心被宗教界撻伐，他遲遲不出版，只私下將筆記在友人間流傳，直到他晚年唯一的入室弟子雷蒂克斯（Georg Joachim Rheticus）極力遊說並於 1540 年先出版了引介「日心說」的小冊《初講》（*Narratio Prima*）當前導，次年又再版，哥白尼才同意弟子把手稿帶去紐倫堡印製，據稱 1543 年春天，年已七十的哥白尼，在病榻彌留之際收到了快馬加急送來的對開本《天體運行論》。

　　如今一部 1543 年紐倫堡印製的首版《天體運行論》，幾乎動輒上百萬美元， 2008 年 6 月 17 日紐約佳士得拍賣價是 2,210,500 美元。雖說 1566 年巴塞爾（Basel）印行的第二版《天體運行論》價格比不上首版，但一樣稀有珍貴，價格由數萬到數十萬美元不等，第二版還添加《初講》為附錄。

　　由於 1540 年首版的《初講》單行本是最早引介哥白尼「日心說」的印刷品，自有其歷史重要性，現存本數據統計僅二十來本，且多數藏在圖書館，比《天體運行論》前兩版（現存約六百餘本）還罕見。一本首版的《初講》於 2016 年 7 月 13 日倫敦佳士得拍賣會上賣出了 1,818,500 英鎊（約 2,262,032

當我編寫這本書時，正巧紐約古書商強納森・希爾（Jonathan A. Hill）有部 1543 年初版的《天體運行論》，他慷慨地傳來 2GB 的高解析圖檔供我選用，二十多張圖顯示裝幀、書名頁、幾個刊頭和木刻圖表，當然含太陽是宇宙中心那頁。2007 年第一屆香港國際古書展時，我擔任公關顧問，強納森是參展者之一，因而與他相識並得知他大學畢業後曾在美國四大古書商見習，1978 年才二十六歲，就自己開古書公司。四十年古書生涯中，強納森經手了七、八部初版的《天體運行論》，記得那年香港古書展，他就帶了一部，標價一百五十萬美元，曾是某主教擁有，書展剛開幕，所有中外媒體一窩蜂全擠到他的攤位拍照。現今他擁有的這部，標價兩百萬美元，依他所言，這部是現存尺寸最大之一（27.2 x 19 公分），雖略有修復，但由書封皮革上的典雅紋飾，可推斷是十六世紀中葉巴黎的裝幀。書上貼有美國費城富蘭克林研究所圖書館的登錄書票，以及銀行家、收藏家、業餘天文學家古斯塔伍思・溫・庫克（Gustavus Wynne Cook,1867~1940）的藏書票與遺贈圖書館的書票。這部書 1977 年後幾度拍賣，1980 年由法國傳奇書商皮耶・貝赫士（Pierre Berès,1913~2008）買下，之後賣給一位西班牙藏家；此書出版四百多年後，來到強納森之手，不知下一任主人會是誰。*Courtesy of Jonathan A. Hill, Bookseller*

西洋古書展不時可看到 1566 年巴塞爾印製的第二版《天體運行論》（左），圖中打開的頁面是最知名的木刻圖，展示太陽是宇宙的中心，地球和其他星球都圍繞著太陽運轉；第二版書名頁（右）的木刻圖是印刷工坊的標誌，也是第一版所未有者。*Courtesy of Alessandro Meda Riquier*（right）

美元），打破 2008 年《天體運行論》第一版的拍賣紀錄。

　　這些年來《天體運行論》與《初講》早期版本之所以在拍賣市場與古書業如此火熱，甚至得到出版業的關注，無可否認與現代一位美國天文學家歐文·金格里奇（Owen Gingerich）有關。金格里奇從 1970 年開始，像一位鍥而不捨的偵探般，全球追蹤現存前兩版《天體運行論》的所在地，並從每本書的裝幀、藏書票、內頁評註的內容與筆跡，佐以大量文獻，用抽絲剝繭的辦案方式，查證過去四百五十年誰曾經擁有或讀過《天體運行論》，結果發現此書的讀者頗多，其中包含了物理學家伽利略、天文學家凱卜勒與經濟學家亞當·史密斯等人。

　　2002 年，經過三十年的查訪，金格里奇出版了《哥白尼〈天體運行論〉評注普查（1543 年紐倫堡版與 1566 年巴塞爾版）》（以下簡稱《普查》）（*An Annotated Census of Copernicus' De revolutionibus*〔*Nurumberg, 1543 and Basel, 1566*〕）這本四百頁的參考書，羅列了六百零一部《天體運行論》（第一版二百七十七本、第二版三百二十四本）的詳細資料，同時附錄還列出拍賣的歷史紀錄，以及《初講》前兩版現存本數與所在地。

　　金格里奇的壯舉，源於他讀了 1959 年英籍匈牙利作家亞瑟·庫斯樂（Arthur Koestler）寫的一本頗受歡迎的天文學發展史之書《夢遊者》（*The Sleepwalkers*），書中宣稱《天體運行論》艱深且枯燥，是本無人讀過的書，此說法引發了金格里奇的好奇與疑問，《普查》最終證明卡斯樂大錯特錯。

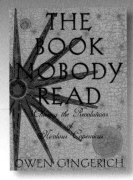

天文學家歐文・金格里奇教授的「巨著」《哥白尼〈天體運行論〉評注普查》（左），其對開本大尺寸比照首版的《天體運行論》；他之後寫的《無人讀過之書》（右），被翻譯成不少其他語言版本，包括繁體字與簡體字中文版。下圖是金格里奇教授在耶魯大學拜尼基圖書館審閱館藏的首版《天體運行論》，首版前擺的是他自己擁有的第二版。*Photo by Eric Long, permission of Owen Gingerich*

　　定價一百三十二美元的《普查》只印了四百本，開數、頁數與本數都仿照《天體運行論》初版，受到圖書館、藏書家、書商、拍賣商的搶購，很快就絕版，現今古書商或拍賣公司在寫《天體運行論》和《初講》的目錄解說時，幾乎都會註明參考數據與資料來自《普查》。

　　2004 年金格里奇把數十年查訪的歷程，以生動的筆法寫成了回憶錄出版，書名直譯為《無人讀過之書：追蹤尼古拉・哥白尼的運行》（*The Book Nobody Read: Chasing the Revolutions of Nicolaus Copernicus*），主標題以反語嘲諷庫斯樂。由於書中充滿與各類書人、書賊、警察交手的情節，以及他穿越時空破解謎團的曲折過程，讀起來就像一本知識性與娛樂性兼具的高水平偵探小說，以致這本《無人讀過之書》在美國出版後，上了暢銷書排行榜，同時也被推崇為二十一世紀的書話代表，成了學術與通俗讀物完美結合的最佳典範。🗡

初稿刊登於 2017 年 3 月 27 日

情人節老卡片

Vintage Valentines

約1900年前後生產的情人節老卡片。
花孩兒構成的心型，配上甜美的詩句，
是送給愛戀之人的最佳禮物。

我喜歡與紙質相關的東西，尤其是上了年紀的紙質老物件，那也是為何我愛逛實體書店、書展，特別是古書展。除了新舊書展外，英美的一些城市也常舉辦陳年紙展（Vintage Paper Fair），展出那些日常生活中隨處可見的信件、卡片、海報、書籤、商標、菜單、手冊、雜誌、報紙、票根、獎狀、節目單、工商目錄、公共交通時刻表、甚至是機艙嘔吐袋等。這些零零總總的紙質物件多半以短暫實用功能為導向，也不如正規的書籍般，預期被長久保存，它們往往稍縱即逝，所以在西方又被通稱為「蛾飛摩拉」（Ephemera；英文意為「蜉蝣」或是「生命短促的事物」），這類陳年紙展因而被冠上文雅的名號「蛾飛摩拉展」（Ephemera Fair），相關的商家、藏家、愛好者也在各地以此名組成「蛾飛摩拉協會」（Ephemera Society）。

柔情愛意的百年見證

在這些陳年紙展中，我最愛的類別之一是古老的「瓦倫泰」（Valentine），也就是聖·瓦倫泰節日（St. Valentine's Day）時，贈送給情人或傾慕者的卡片，「瓦倫泰」與「瓦倫泰節日」在中文通譯為「情人卡」與「情人節」。英文 Valentine 一詞有時也廣義涵蓋情人節那天收受的禮物，並不限卡片；

別緻的玫瑰花圈造型情人卡,經特殊模切工藝裁切而成,可
開展成為長條型,花朵色澤歷經百年後,依然艷麗。

這個字同時也是「情人」的代名詞。有關西方情人節的來源與演進,書上
與網上都能查到許多版本的詳細解說,我無意覆誦,在此只想談談一些我
個人所接觸過的情人節老卡片。

多年前我在陳年紙展與古書展中,看到一些上世紀初的情人節明信片,
以彩色石版印製,不僅圖案與文字設計可愛,有時還打凸呈浮雕狀,讓我
愛不釋手,若是價錢不貴,往往會買下把玩一番,然後適時送給親友,受
贈者總是滿心感激與歡喜。

很多情人節明信片的背面是空白的,代表它們並未使用過,但我卻總
喜歡買那些貼了郵票、蓋了郵戳、附有手寫墨水或鉛筆字跡者。其中訊息

約 1880 年代維多利亞時代後期的立體造型情人卡，雖然在英美銷售，但生產地為當時印刷術先進的德國。
Courtesy of Sotheran's, photo by Alan Bradshaw

常可看出這張明信片是哪人在哪年哪月哪日從哪處寄出到哪處給哪人，有限的短句中偶爾可推得兩人的關係。此外，由我的小小收藏中，我發現美國從 1910 年到 1924 年，國內明信片郵資未曾調漲，都是維持美元一分錢，而且寄件者常常只寫收件者的姓名與居住城鎮名，而未附街道名，可見那時期美國一般城鎮人煙稀少，以致郵差認識城鎮中所有的居民。這些印記不僅讓我見證了部分歷史的演進，也使我和那些一世紀前的男男女女產生了超時空的關聯，感覺他們的柔情愛意歷經百年依然延續。

令人驚喜連連的老卡片

我對情人節老卡片的認識原本極粗淺，只限於這些二十世紀初期的明信片，但 2008 年在拜訪美國賓州西徹斯特小鎮（West Chester）一家我甚鍾愛的「鮑德溫書倉」（Baldwin's Book Barn）時，與當時在書倉工作的一位藏家卡拉·賀門（Cara Herman）相識並結為好友，因而開拓了我的視野。卡拉曾兩度擔任美國「蛾飛摩拉協會」的理事，擁有諸多在一般陳年紙展都罕見的十八、十九世紀情人卡，我幾次拜訪她，她總熱切向我展示手上

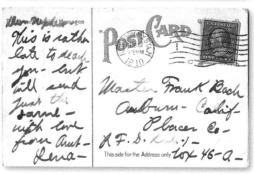

我手中所擁有最早的情人節明信片之一，是 1910 年 2 月 12 日一位女士從紐約寄給她在加州的姪子（或外甥）。情人卡不限於情人，也通行於長輩與晚輩間。

的新舊珍藏。

　　除了陽春式的硬紙板印製的長方形明信片外，情人卡其實還有用模切工藝（die cutting）裁切出的圓形、心形、人形等各種形狀，並可以折疊方式呈現，材質也從一般紙張到特製的羊皮紙、輕軟的鏤空蕾絲紙等，除了印製的圖案，有時還有工匠手繪的語句與在平面上裝飾的絲綢或布質花邊、蝴蝶結、雪紡紗、金箔、銀箔、羽毛、花朵、樹葉、真假寶石、珠珠、貝殼、小鏡片等。有的卡片甚至還可以展示成 3D 造型，或經由夾層與拉把的設計，可翻轉或拉扯而成為不同的圖案。一些卡片則暗藏了一層又一層的甜蜜詩與畫，甚至還灑上香水，讓接收者打開時驚喜連連。

　　這些繁複的製作程序自然都得仰賴手工耗時處理，一張十九世紀中葉生產的手工商業卡，當時售價可高達五美元（等值現今約一百多美元），由於這些卡片做工精細、保存不易，一張品相完好的卡片，在拍賣市場上輕易可達上千美元。但真正為藏家所推崇的是更早期、更素樸、非商業性生產、純粹由個人為愛人所製作的獨一無二情人卡，上面有致贈者親繪的

十九世紀中葉英國或美國的精細情人卡，裡面暗藏好幾層愛的圖文訊息，甚至可拉出網狀的造型，卡片若品相良好，市價最少值六百美元。

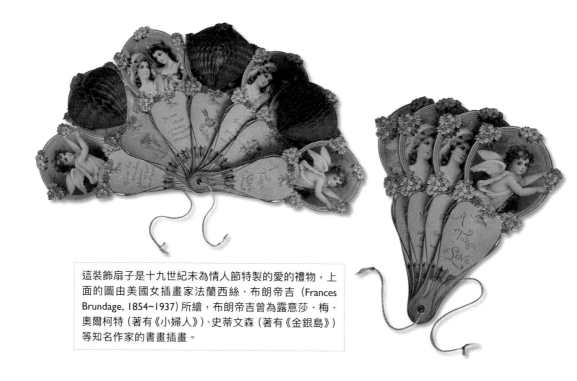

這裝飾扇子是十九世紀末為情人節特製的愛的禮物，上面的圖由美國女插畫家法蘭西絲·布朗帝吉（Frances Brundage, 1854~1937）所繪，布朗帝吉曾為露意莎·梅·奧爾柯特（著有《小婦人》）、史蒂文森（著有《金銀島》）等知名作家的書畫插畫。

圖畫、手寫的情詩，甚至夾著一朵乾燥花、一葉幸運草、一枚貝殼或一綹剛剪下的編織髮絲；老天，世上還有比這更浪漫、更柔情、更令人心動的示愛方式嗎？！說我是個可笑的老派人吧！

粗獷老男人的上千款遺愛

一張張小卡片代表了一個個繽紛燦爛的世界，我也因而得知卡拉的故事。卡拉的父母伯尼與關·高德曼（Bernie & Gwen Goldman）從事陳年紙品的買賣，從 1968 年起，就在素有「美國古董首都」（Antiques Capital, USA）之稱的賓州蘭卡斯特郡亞當鎮（Adamstown, Lancaster County）的「瑞寧格古董市集」（Renninger's Antique Market）中設攤，卡拉雖從小在市集中廝混，一開始並未特別收藏什麼東西。她二十七歲時，在父母的攤位認識了一位六十六歲的退休工人諾曼·華爾滋（Norman Waltz），倆人結為忘年之交，諾曼幾十年前就大量收藏與情人節相關的物件，品質之佳，讓見多識廣的卡拉與其父母都驚艷萬分。

話說諾曼自小在孤兒院長大，沒受什麼教育，一隻手不知何故少了三

這是美國內戰時期（1861~1865）的情人卡，掀開美國星條旗覆蓋的帳篷門簾，裡面坐著一位寫家書給夢中情人的士兵。卡片下方貼的小紙條印了一首名為〈想家〉的短詩。

根指頭，一個背景和外貌都極不出眾的粗獷老男人，卻有顆異常細膩柔軟之心、對「美」有極高的鑑賞力與品味，更令人感動的是，諾曼除了每逢假日帶著他的紙寶貝讓卡拉欣賞外，還不時到當地的學校與老人院展出他的珍藏，讓更多人能欣賞。

1993 年，當諾曼年近七十時，決定要出售所有的藏品，卡拉於是說服父母一起買下他上千款的情人節物件，以示對這位老人的敬意與愛意，同時也因此開始了她自己的收藏與買賣生涯，藉著這些愛的物件與一些同好交流、分享，使我也成了受惠者之一。

諾曼於 2012 年 3 月過世，當我看到卡拉小心翼翼打開他留下來的情人節扇子向我展示時，我相信這位默默無名的小人物將會永遠駐留在她的心房。以後每到情人節，我必會想起卡拉、想起這位素未謀面的老者，感謝他們直接間接引領我，進入了情人節老卡片鋪陳出的美麗紙天堂，並得知一些人世間的純善小故事。❧

初稿刊登於 2013 年 2 月 5 日

這些十九世紀末、二十世紀初的情人節老卡片，都是好友卡拉・賀門的精心收藏。一些卡片是活動或立體的，例如移動編號 3, 4, 9 的傘、帽子與領結，臉孔就會被遮住；透過卡片的拉把，編號 2 的眼睛會開開閉閉、編號 7 的小人則會手舞足蹈，逗愛人開心；打開編號 8 的籃子造型卡片，就會跳出抱著滿滿愛心的小天使。編號 10 的十字型卡片，可折疊成方型；「手套」的英文"glove"的後四個字母正好是 "love"，因此常可見到類似編號 1 的手套造型情人卡。

　　記得 2008 年夏天某個周六午後，我和卡拉由鮑德溫書倉出發，開車前
往北方六十公里外的亞當鎮，一方面是探望居住在那的卡拉雙親，那也是
她成長的處所；再方面她要領我次日早晨去隔鄰瑞寧格古董市集玩玩，順
便參觀她父母經營的攤位，這市集僅在星期天營業，卡拉幾乎每個周末都
從西徹斯特開車過來，協助年紀已過八十的雙親。

　　兩位老人雖然行動遲緩，但精神抖擻、熱情好客，不僅請吃晚飯，還
留我在家中過夜，他們樂於向人表達自己對陳年紙製品長久不變的熱愛，
也提到他們懷念早年帶著幼小的卡拉，開車橫跨美國，到不同城市參加「蛾
飛摩拉展」的生涯。

　　次日起個大早，先去市集外面的大型露天跳蚤市場，不少攤位擺了二

瑞寧格古董市集的戶外書攤。

2013 年八十八歲的關‧高德曼，仍然在瑞寧格古董市集經營陳年紙質製品的買賣。

手書與雜誌，我在此買到了一本 1959 年出版的古董收藏入門書，裡面赫然有張鮑德溫書倉內景的老照片，在拜訪書倉的旅程中，居然買到如此一本書，實在太巧合了！日後我把這段神奇經歷寫在另一本著作《書店傳奇》中。

　　之後到了瑞寧格市集卡拉父母的攤位，只見陳列桌上放著一箱箱分門別類的「蛾飛摩拉」，煞是壯觀，每份老卡片、老海報、老雜誌、老地圖都齊齊整整裝在透明塑膠套中，受到細心的呵護，隨手翻閱都覺得趣味盎然，三面牆上滿滿掛著裱框的甜美老海報，視覺上就是一大享受，沉浸在如此氛圍中，任誰都會心生喜悅、祥和之感。

　　2012 年卡拉那位風趣的父親去世，享年九十歲，當屬上壽。我 2013 年夏天又回訪鮑德溫書倉，卡拉的老母親關已八十八歲，每逢星期天仍然堅持到瑞寧格古董市集的攤位坐鎮；這個市集、這個攤位就是她的小宇宙，尤其是老伴過世後。雖說她已患失憶症，很多人都不認得，體力又差，但在那些陳年老卡片、老海報的伴隨下，她卻顯得神采奕奕；我一時興起用數位錄影機採訪她，沒想到她有條有理的介紹她自己何時、如何進入這行業，這

美國賓州的瑞寧格古董市集素有「美國古董首都」之稱，是懷舊人士喜愛走訪、尋寶之處。這裡聚集了許多各類主題的老物件，例如過期雜誌、老照片、老海報、留聲機、蟲膠唱片、打字機、二手衣、古董家具與飾品等，應有盡有；當然，對我這個帽子控而言，各式各樣的古董帽和帽架最令我心花怒放，家中許許多多的帽子都來自於此。古董市集裡也能見到不少古舊書，雖然品質參差不齊，無法與古舊書店、書展相比擬，但偶爾還是會有意想不到的驚喜。

這張做工精細的情人節老卡片，是卡拉的母親關‧高德曼送給我的禮物；十九世紀出產，尺寸大小為 20 x 15 公分。

行業又是如何迷人，還在錄影機前展示、解說她的寶貝。臨走前，關送了我一張十九世紀維多利亞風的情人卡，是那種可以拉高成 3D 的精巧玩意，刀模裁切成凹凹凸凸的多邊型，上有彩色石印的邱比特、鳥兒、花朵、心型圖案，附上金箔、銀箔、壓紋的鏤空蕾絲紙，還黏貼了兩個可愛的小人和一個印著 THINK OF ME LOVE 字樣的迷你紙片。

卡拉那年和一位也曾在鮑德溫書倉工作的老友克里斯‧漢能（Chris Hanon）合夥在關的攤位對面承租下一個攤位，賣一些老物件與書倉寄賣的書，如此可方便照應老母親，但高齡九十一歲的關終究於 2016 年離世。卡拉依然保有母親的攤位與藏品，這讓多年上門的老顧客感到心安；關的攤位在這市集半世紀，已然成了一道風景，喜愛老物件的人，多半是懷舊的。

我自己不時會拿出那張關送我的卡片細細把玩，看到卡片內頁印的字句——親愛的，雖然你在遠方，空間阻隔我們會面，但在此歡愉的日子，請接受我愛的祝福——仿如聽到關這麼對我說。🌿

情人節醋酸卡

Vinegar Valentines

這張二十世紀初的卡片確實酸意十足，上面寫著：「送你這顆檸檬，請快快滾。因為我愛的是別人，你根本沒半點可能。」

情人節總不免讓人聯想起鮮花、巧克力、香檳、燭光晚餐之類的浪漫影像，但是你可能不知道，早在一兩百年前，不少英美人士在情人節到臨時，除了精心為所愛之人挑選禮物並搭配甜蜜、浪漫的卡片之餘，往往也會買一些或是尖酸刻薄、或是滑稽可笑的卡片，上面附有漫畫與嘲諷的字句或打油詩，寄給他們怨恨或看不順眼的人，這些缺乏愛意與善意的卡片，英文名之為"Vinegar Valentines"，中文不妨譯為「情人節醋酸卡」（以下簡稱「醋酸卡」，以區隔一般的情人卡）。

郵局拒送兩萬件卡片

送出如此的卡片，寄件人幾乎都匿名，就算要寫接收者的姓名、地址或附加幾句洩憤與挖苦的話語，八成也會試著變更筆跡，免得被認出。令人驚異的是，1840、1847 年英國與美國先後出現黏貼郵票之前，郵件傳遞是由收件者付費、而非寄件者，可以想見當時收到醋酸卡的人會有多惱火，花錢找氣受，覺得自己真是倒楣加三級，而這也正是混蛋加三級的寄件者暗爽不已之處。

這些1930年代印製的醋酸卡，廉價紙張來自未經去酸處理的木漿，因此極易泛黃、碎裂，但也成了名副其實的醋「酸」卡。

　　十九世紀中葉開始，英美鐵道快速擴張、印刷術更先進、郵資低廉，這些因素都使得卡片的製作與流通變得愈便利與經濟，許多公司因此投入卡片的製作。討喜的情人卡多半印刷設計精美，講究些的，還有多變的造型（圓形、心型、3D等），材質除了平常紙張，還可延伸至羊皮紙、蕾絲壓紋紙，甚至用珠寶、亮片、羽毛、乾燥花草等物件手工裝飾，最後說不定還噴上一層淡淡的香水；相信嗎，一份作工精細的十九世紀豪華情人卡，當時的價格可是能買一輛馬車！

　　醋酸卡當然省了這些花樣，紙張、印刷都走廉價路線，許多就做成明信片，反面貼上郵票即可直接投遞，還有一類是印在一般信紙大小的薄紙上，對折幾次後密封或是放進信封袋寄出。前者固然省事，但明信片的內容公開對外，可能會惹惱一些郵差，據聞芝加哥的郵局在1906年時，就曾拒送兩萬多件的醋酸卡，後者自然免了被第三者先窺或攔截的可能。

1916 年情人節寄出的明信片，正面描繪那位男士心想太多女士喜歡他，實在難以取捨；反面寄件者未署名，除了收件人地址與姓名，只有一句話：「你最好下決定，查理。」

到底誰在惡作劇？

　　早年的醋酸卡品質普遍粗糙，許多內容幼稚且荒誕，但無可否認，不少圖文頗富巧思，生動刻劃人生百態，呈現出一種奇特的粗俗趣味與美感，某種程度也反映出當時的俗民文化，若你不是被辱罵或調侃的對象，看了卡片往往會忍不住發笑，尤其是一些押韻、帶有雙關語的打油詩，更讓人拍案叫絕，陳年醋酸卡也因此成了收藏品，我自己就曾在書展和 eBay 拍賣網買了幾張。比方說我手上有張 1916 年的明信片，正面畫了一位身著西裝禮帽、中廣發福的男士，邊吸菸斗邊琢磨，心想太多女士喜歡他，實在難以取捨；卡片反面的郵戳與地址，顯示收件者是美國賓州一位名喚查理的男士，寄件者未署名，只摺下一句話：「你最好下決定，查理。」近百年後，我握著這張卡片，也不得不好奇，到底是誰寄出這張卡片，是查理周旋的眾女友之一？又或是希望他表態、趕快安定下來的親友？又或者，查理根本交不到女友，只不過是惡作劇者故意寄這麼張卡片消遣他。

　　有一張卡片標題為〈驕傲的父親〉（PROUD FATHER），畫中一位男

這兩張嘲笑他人肥胖與骨瘦如柴的醋酸卡，是二十世紀初期由英國公司 Raphael Tuck & Sons 印製，此公司當時可是擁有皇家認證，為國王與皇后服務的指定商。

士向人炫耀他小孩的照片，下方配了這麼一句：「自從上帝創造亞當以來，世上已有無數嬰兒誕生，個個都像你的孩子般聰明又可愛，拜託你就別再獻寶。」

小奸小惡與良善共存

前述那兩張卡片還算溫和，醋酸味不甚濃，再來看看另一張，只見畫面上一位吊在半空的女人，單手緊抓車尾欄杆的狼狽景象，下面配著標題〈老遲到〉（ALWAYS LATE）的打油詩：「無論你去哪，總是會遲到，我猜你老媽是烏龜，你老爸是蝸牛。」這裡不僅嘲弄對方遲到的老毛病，還把人家的父母全罵上。

還有一張標題〈老處女〉（OLD MAID）的卡片寫得極惡毒：「你的一顰一笑和打扮都精心設計，就為了找到如意郎君，你無疑每晚在床前祈禱那人會現身。老處女，聽著！在此給你個忠言逆耳的建議，你唯一能找到的男人是既聾又啞的瞎子。」

陳年醋酸卡掃射的對象還有花花公子、蛇蠍美人、笑面虎、花蝴蝶、包打聽、吝嗇鬼、馬屁精、酗酒者、不請自來的食客以及各行各業的人士。

這張十九世紀末的醋酸卡,訓斥愛打扮的老女人,幸好我不是活在那時代,否則也可能收到。

這張 1940 年代的醋酸卡,其中的打油詩不僅挖苦老遲到的人,還把對方的父母一併罵上。

"Henpecked" 指的是「懼內的」、「怕老婆的」之意,"Henpecko" 在此指「怕老婆的男人」。

這張約 1910 年代的醋酸卡,嘲笑老是喜歡拿自己小孩照片向人炫耀的父母。

MISS NOSEY.
On account of your talk of others' affairs
At most dances you sit warming the chairs,
Because of the care with which you attend
To all others' business you haven't a friend.
COPYRIGHT, 1907, BY THE ROSE COMPANY.

英文"nosey"一字源於"nose"
（鼻子），用來形容好管閒事、
愛打探隱私的人。此張 1907
年的醋酸卡，畫面中鼻子超大
的女人代表包打聽小姐。

其中一些字句，顯示了對性別與年齡的刻板印象，看在現代人眼中簡直不
可思議，例如對女人告誡：「不要身著男性化的服飾，那樣看起來很滑稽。」
對做家事的男人奚落：「你在酒吧中吹噓的樣子，會以為你是一家之主，但
你在家要洗碗，而且安靜得像隻小老鼠。」對穿著時髦的老女人訓斥：「不
要花枝亂顫與裝年輕，對你這把年紀的女人很不得體。」此外還有許多取
笑他人肥胖、骨瘦如材、禿頭、個子矮、醜八怪、高齡未婚等現今視為人
身攻擊、政治不正確的語句。

　　二十世紀中葉後，英美的醋酸卡自然不如過往般盛行，畢竟卡片、郵
資都飛漲，花錢費事買卡片寄給討厭之人，太不上算！尤其在媒體發達的
年代，人們多了免費發牢騷宣洩的管道，廣播、電視的 CALL-IN 是一途，
再不然還可上臉書、推特、微博、部落格。只不過這些管道總能查得出是
誰留言或發聲，搞不好還會因公開誹謗而吃上官司，因此總有人匿名悄悄
寄出醋酸卡。時代與科技無論如何演進，潛藏在人類內心的小奸小惡與良
善永遠共存，只要情人卡還在的一天，醋酸卡就不會消失無影。🦋

初稿刊登於 2015 年 2 月 10 日

SECOND HAND

Published by A. PARK, 47, Leonard Street, London.

A mortal you of old renown,
Seen every day about the town ;
Of fancy dress, and face a fright,
Then do not come again in sight ;
For sure an ape could never dare,
Address himself unto the fair ;
So go thy way you ugly beast,
Made up of michief not the least.

109

這張手工上色、1850 年代前後出版的陳年醋酸卡，是彩色印刷術普及前的產物。圖中人物面目可憎，但頭戴禮帽、身著華服、手持拐杖，在大街上招搖，背景是家廉價二手衣店，暗示他的衣服來自那。圖下的打油詩謔笑此人尖嘴猴腮，妄想和美人打交道，要他快快滾開，別想鬧。*Courtesy*

匿名酗酒者的「大書」

Alcoholics Anonymous

A Brief History of the Big Book

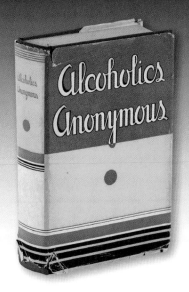

戒酒者的聖經《匿名酗酒者》被譽為形塑美國之書，一般又通稱為「大書」。此書自出版以來，不僅改變了千千萬萬人的生活，同時也影響了通俗文化與古書市場；一本 1939 年首版首刷、附有原始書衣的「大書」，價格至少上萬美元。*Courtesy of PBA Galleries/Justin Benttinen*

早年拜訪許多美國的古書展與拍賣會，看到一本不時出現的書時，總是困惑不已。這冊 1939 年首版、首刷的精裝本書，書衣畫面除了紅黃黑的色塊與線條外，就只有斗大兩個白色的花體英文書名 *Alcoholics Anonymous*，中文直譯為《匿名酗酒者》，由同名團體「匿名酗酒者」（英文通常簡稱 A.A.，以下延用此縮寫指稱此團體）集體創作，這本書名怪異的《匿名酗酒者》，不僅印刷裝訂都極普通，年代也無法和古書展中諸多數百年歷史的古籍相比，但書價卻動輒上萬美元，例如在 2018 年加州古書展，有位書商展售一冊首版首刷，訂價高達三萬五千美元；更多年前，我還曾看過有一冊標價五萬美元。

一本型塑美國之書

《匿名酗酒者》首版（1939~1954），一共刷印了十六次，印製量高達三十萬冊，就收藏的角度，如此大的數量，通常後面刷次的書沒有什麼價值，但除了首刷，此版從第二刷到最後第十六刷，都有人搶著要，每冊由數百到數千美元不等，價格取決於品相和是否有名人題贈。根據 2017 年 12 月 eBay 的拍賣紀錄顯示，一本 1944 年出版的第五刷《匿名酗酒者》，含原始書衣，開拍底價為 549.95 美元，結果有七人競標、出價二十三次，最後成交價為 2,025

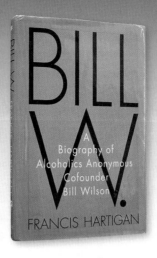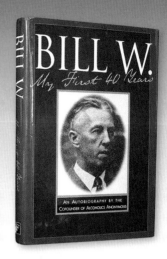

1975、2000 年出版的兩本比爾‧威爾森的傳記，以及他自己寫的
四十年前傳（右），都用他名字的縮寫 "Bill W." 當書名。

美元。同年 11 月 1 日，同一刷次、不含原始書衣的另一冊，以 899.99 美元售出。

2011 年時代雜誌選出 1923 年（該雜誌創辦那年）以來，非小說類最重要的一百本書，2012 年美國國會圖書館選出八十八本「形塑美國之書」（Books That Shaped America），這兩個書單都選了《匿名酗酒者》。華文世界的讀者對於此書普遍陌生，到底這是什麼樣的一本書？

要談這本書，得先由一位酗酒的美國男士比爾‧威爾森（William Griffith Wilson, 1895~1971；一般簡稱 Bill Wilson 或 Bill W.）談起。此君於二十世紀初期在紐約市華爾街任職，從股票市場上賺了不少錢，但他嗜酒的毛病卻斷送了原本擁有的工作、人際關係，最後連房子也不保，幸好妻子婁薏絲（Lois Wilson）不離不棄，最後夫妻倆搬到岳丈家寄居。就如許多老掉牙的酒鬼故事般，比爾在不斷自責悔恨中痛哭流涕、信誓旦旦要戒酒，甚至數度進了醫院勒戒，但清醒沒多久，又浸泡在酒精中。如此反覆沉淪，把自己與親友都搞得身心疲憊。

酒鬼間的靈性對談

某日一位他許久未見的同學兼酒友艾比‧柴契爾（Edwin Throckmorton Thacher, 1896~1966；一般簡稱 Ebby Thacher 或 Ebby T.）登門造訪，比爾看到艾比後詫異萬分，先前他聽說艾比酗酒的情況比他還嚴重，甚至傳聞曾被

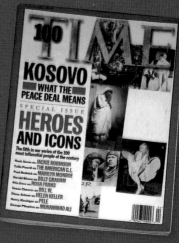

1999 年 6 月 14 日美國《時代》雜誌推出特輯「二十世紀一百位英雄與偶像」，其中包含了德蕾莎修女、革命家切·格瓦拉、飛行家林白、拳王穆罕默德·阿里、足球王「黑珍珠」比利、影星瑪麗蓮·夢露、戴安娜王妃、李小龍、甘迺迪、蘇聯氫彈之父安德烈·沙卡洛夫、海倫·凱勒、安妮·法蘭克等人，比爾·威爾森也名列其中，被稱為療癒師（The Healer）；至於為何文章標題與前頁圖中的傳記都以他名字的縮寫"Bill W."顯示，答案都在文章裡。

關進戒勒所，但眼前此人卻是神清氣爽、容光煥發，當比爾倒酒給他，準備像往常般暢飲高談時，誰知艾比卻謝絕，說他已經幾個月滴酒不沾，並提及自己有了信仰，加入了「牛津團契」（Oxford Group）（後改名為道德重整運動），他之所以擺脫酒精，就是因幾位參加團契聚會而戒酒成功的朋友所引導，如今他希望把訊息傳遞給比爾。

　　比爾是個未知論者，對「神」這個字眼感到頗反感，但艾比提議，他何不選擇一個自己概念中所認知的「神」，這個說法打動了比爾，更重要的是，他心想如果一個狀況比他還差的酒鬼能戒酒，他也能。根據比爾日後描述，1934 年 11 月他又入住醫院，有天他情緒低潮，無助到極點，於是忍不住狂喊：「如果真有神，就讓祂顯靈吧！」誰知病房中頓時籠罩著一團晶亮白光，他心生一股無以言喻的狂喜，接著看到自己站在一個山頂上，強風襲入他的身軀，他感到前所未有的寧靜與祥和，一個聲音響起：「你是自由之人。」等到白光與強風消失，病房內一切如常，他感到神在對他說話，但又懷疑自己瘋了或是得了妄想症，比爾的主治醫生威廉‧當肯‧思爾克渥斯（William Duncan Silkworth, 1873~1951）表示他曾聽聞不少類似案例，並要比爾好好把握如此的靈性對話經驗，無論如何，這個狀態都不會比以往更差。

　　比爾接受了思爾克渥斯醫生的建言，以及他提出的理論，亦即酗酒不僅是心理上的問題，更是一種生理上的疾病，酗酒者的體質對酒精過敏，這種過敏會引發大量的渴求，讓他們上癮著迷，以致日常生活失控，因此這些人無法像一般正常人有所節制、安全飲酒，這類對酒精過敏的人，要想正常生活，必須完全杜絕酒精，一滴都碰不得。比爾出院後，仿如重生，除了自我克制、參加牛津團契的聚會，他還積極向其他酗酒者宣揚戒酒，但成效不彰。

以宣揚戒酒為終生己任

　　1935 年是一個轉捩點。那年春天，比爾到了俄亥俄州的城鎮埃克倫（Akron, Ohio），希望能談成一樁生意，重返職場，可惜未能如願，沮喪之餘，喝酒的慾望又升起，為了怕破戒，他急需和一位酗酒者交談以保清醒。經由輾轉介紹，比爾認識了當地一位酗酒的醫生鮑伯‧史密斯（Robert Holbrook Smith, 1879~1950；一般簡稱 Bob Smith 或 Dr. Bob），鮑伯參加牛津團契已兩年，

鮑伯醫生在美國俄亥俄州埃克倫城的家，是最早 A.A. 聚會的場所，現今已成了州立歷史博物館。*Courtesy of Wikipedia user Nyttend*

但狀況未改，直到他與比爾相遇，聆聽了比爾陳述自身的經歷與思爾克渥斯的理論後，大受感召之餘，還請比爾到家中住了數月，兩人就近互相鼓舞與監督，共同戒酒，並對外邀其他有酒癮的人加入聚會，分享個人故事。為了尊重隱私，也為了怕個別成員失態或不當宣傳而引發不必要的紛擾，戒酒會的成員一律不用全名，只以名相稱，不使用姓。他們發現協助別人戒酒，有助自己保持清醒，且最佳的方式就是用數饅頭的方式，一天熬過一天，以二十四小時為戒酒的標竿，同類的聚會讓彼此不孤單且能守望相助，增添信心與勇氣對抗共同的問題。

這個埃克倫的小群體，就是最早的 A.A.，創辦人自然是第一號與第二號成員——比爾和鮑伯。據史料記載，鮑伯醫師同年（1935）6 月 10 日在替病人進行手術前飲完一瓶啤酒後，直到 1950 年去世前，終生滴酒不沾，這一天也被視為 A.A. 的誕生日；他生前與埃克倫一家醫院合作，協助了五千名的酗酒者。

女作家蘇珊‧奇弗（Susan Cheever）和她那位知名作家父親約翰‧奇弗（John Cheever）都曾耽溺於酒精，她於 1999 年寫了本關於自身酗酒的回憶錄《瓶中訊息：我的飲酒生涯》(*Note Found in a Bottle: My Life as a Drinker*)；同年受《時代》雜誌特輯「二十世紀一百位英雄與偶像」之邀，撰寫比爾‧威爾森的介紹，因而引發她 2004 年寫了傳記《我的名字叫比爾》(*My Name Is Bill*)；2015 年又寫了《飲酒在美國：我們的秘史》(*Drinking in America: Our Secret History*)。

　　比爾返家後，複製埃克倫的模式，在紐約市推展戒酒會，這也成了他終生的使命。1938 年，約有百位酗酒者在埃克倫與紐約市戒酒會的協助下保持清醒，他們正式組成基金會，並先後退出了牛津團契。此外，為了能擴大影響力並使有心戒酒者有所參照依循，比爾綜合聚會成員們的心得與經驗，開始編寫《匿名酗酒者》，於 1939 年底出版。此書又通稱為「大書」（The Big Book），主要是早期版本為了能提高書價，選用了極厚的紙張，內文的間距也拉大，讓頁數增多，因此書顯得又大又重，雖然開本從第八刷後縮小，但 A.A. 成員與讀者一般都習慣暱稱此書為「大書」，如此也避免和同名團體混淆。

一日為酗酒者，終生為酗酒者

　　「大書」前半段詳述了 A.A. 的緣起、理念、做法和一篇思爾克渥斯醫生（非酗酒者）的推薦文，後半段則是聚會成員們的個人故事與經驗談。書中強調酗酒者對酒精完全沒有免疫力，不管戒酒多長，還是有嗜酒的毛病，一旦破戒，負面的連鎖反應就會發生，酗酒不該視為道德的瑕疵，而是一種慢性疾病，雖無法根治，但可以遏制，因此抗拒酒精，是酗酒者恆久的志業，凡是誠心面對問題者，都不該被汙名化，任何人有心戒酒，都能成為會員，兩個

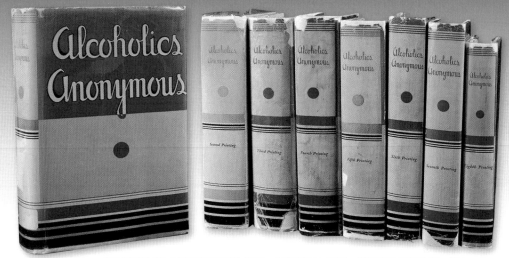

《匿名酗酒者》早期用了極厚的紙張，書顯得又大又重，雖然後來用紙較薄，開本也從第八刷後縮小，但 A.A. 成員習慣暱稱此書為「大書」，圖中前八刷次版本可看出尺寸變化。*Courtesy of PBA Galleries/Justin Benttinen*

有心戒酒者一起聚會就是一個小組。書中提到「一日為酗酒者，終生為酗酒者」（Once an alcoholic, always an alcoholic），成了 A.A. 著名的口號之一，戒酒以保持清醒是他們不斷奮鬥的目標、是持續的現在進行式。

除了觀念的扭轉，更重要的是書中第五章，列出了比爾綜合戒酒者的經驗所整理出的十二條康復的心靈原則，統稱「十二步驟」（Twelve Steps）。此十二步驟影響了千千萬萬人的生活，《美麗新世界》的作者赫胥黎因而尊稱比爾·威爾森為「二十世紀最了不起的社會建築師」。

此外，為了確保匿名酗酒者會能持續有效運作，讓個體與群體有所遵循，1946 年比爾提出了「十二傳統」（Twelve Traditions），「大書」自第二版起，也將其列入附錄中，並分長短版，本章下兩頁將列出十二步驟與簡明版的十二傳統。

1953 年 A.A. 服務處還另出了本《十二步驟與十二傳統》單行本，其中所提之步驟與傳統，在世界各處廣為流傳，也成了許多自助團體參照的準則。值得一提的是，耶魯大學曾要頒贈榮譽博士給比爾，還有一些人想提名他為諾貝爾和平獎的候選人，但基於 A.A. 匿名的傳統，比爾一概婉拒。

由於早期幾家通俗媒體的報導和口耳相傳的效應，A.A. 從一個地方性的小組迅速在國際間開展，目前全球有高達十一萬八千個 A.A. 戒酒小組，分布於一百八十多個國家，會員總數超過了兩百萬人。而被 A.A. 視為聖經的「大

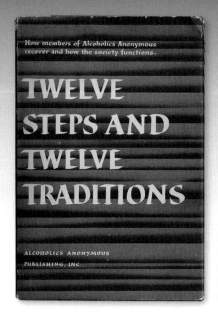

十二步驟（12 Steps）

1. 承認我們無力對付酒精，而且我們的生活已變得無法掌控。
2. 相信有一個比我們自身更大的力量，此力量能使我們的神智恢復清明。
3. 下決定將我們的意志和生活，託付給我們所理解的神。
4. 對自我作一個內在探索和無畏的道德審查。
5. 向神、自己、他人承認自己的過錯。
6. 完全準備好由神移除我們所有人格上之缺失。
7. 謙遜地祈求神移除我們的缺點。
8. 列出一份所有我們曾傷害過的人的名單，使自己願意向這些人賠罪。
9. 盡可能直接向他們賠罪，除非如此做會傷害他們或其他人。
10. 繼續自我審查，若犯錯，迅速認錯。
11. 經由禱告與冥想，與自己所理解的神增進自覺性的接觸，只祈求認知祂對我們的旨意，並祈求有力量去執行祂的旨意。
12. 遵行這些步驟導致我們有了心靈上的覺醒，設法把此訊息帶給其他酗酒者，並在我們日常生活事務中實踐這些原則。

A.A. 成員編寫之書，基本都是以服務中心之名自行出版，其中一個罕見案例，是他們1953年與紐約出版社「哈波兄弟」（Harper & Brothers）同步推出《十二步驟與十二傳統》，但哈波的封面採用綠色。*Courtesy of PBA Galleries/ Chad Mueller*

十二傳統 (12 Traditions)

1. 我們應以共同的福祉為優先，個人的康復有賴 A.A. 的團結。
2. 就我們群體的目的，最高權威只有一個，那就是慈愛的神，因為祂會顯現於我們的集體良知。我們的領導者僅是可信賴的公僕，而非統治者。
3. 成為 A.A. 會員的唯一條件是有戒酒的意願。
4. 每個組別應自治，除非是會影響其他組別或整體協會。
5. 每個組別的主要目的是將訊息傳遞給仍在受苦的酗酒者。
6. 每個組別絕不背書、贊助或出借協會之名給任何相關機構或其他企業體，以免金錢、財物與名氣的問題偏離我們的主要目的。
7. 每個組別應完全自足，謝絕外界捐款。
8. A.A. 應永保非職業性，但我們的服務處可聘用專職的工作人員。
9. A.A. 應永不組織化，但我們可建立服務性質的理事會或委員會
10. A.A. 對外在議題不表意見，因此 A.A. 之名應永不涉入公共紛爭。
11. 我們的公關策略是植基於吸引，而非促銷。我們須對報刊、廣播與影片保持匿名。
12. 匿名是我們所有傳統的精神基礎，它提醒我們將原則永遠置於個人之上。

A.A. 聚會之處所，室內往往可見條列十二步驟與十二傳統的海報懸掛在牆上。

書」，自 1939 年出版後，更是不斷加印，並於 1955、1976、 2001 年推出新版，每版的架構大致相同，前面一百六十四頁內容不變，後半段收錄的故事順應時代演進而有所增減，迄今發行了六十多種語文，單在北美洲銷量就超過三千萬冊。我不曾見過此書完整的中文譯本，但 A.A. 服務處出版了摘譯本，繁體字與簡體字版書名各為《戒酒無名會》與《嗜酒者互诚协会》，內容包含前半段基本教義與附錄，個人故事部分僅含另一位創辦人鮑伯醫師所寫。

有關「大書」形成的歷史，長久以來多所爭議，例如哪個人寫了哪個章節或哪個故事？有多少人付出心血卻被忽視？比爾的貢獻是否被誇大？他初期把集體創作的版權登記在自己名下是否不當？他是否藉此書牟取私利？這些 A.A. 檔案史家所關心的問題並無損「大書」的影響力。

特別是書中提出治療酒精上癮的十二步驟更被廣泛運用，許多對麻醉藥品、尼古丁、性、賭博、購物、工作上癮或有其他強迫症等行為問題者，紛紛參照 A.A. 的十二傳統成立小組，成員以匿名的方式參加聚會，藉著經驗分享、互相激勵、實施十二步驟，來戒斷各種癮頭，「匿名毒癮者」、「匿名嗜賭者」、「匿名性成癮者」、「匿名菸癮者」、「匿名購物狂」、「匿名飲食過度者」、「匿名神經症患者」等團體相繼成立。不少身心靈成長團

TODAY IS A GOOD DAY

舊金山一個提供 A.A. 聚會場地的俱樂部，牆上黑底巨幅畫作中的男女是兩
位創辦人比爾（右二）與鮑伯醫師（左二）及他們的妻子婁薏絲（右）與安（左）。

體與商業性的醫療勒戒所也把十二步驟融入它們的療程，因而引發一股社會
風潮。A.A. 的影響力甚至擴及法庭，美國法官對一些酒駕者、上癮者或強迫
症患者判刑時，往往勒令他們進行十二步驟的療程，許多美國、加拿大、英
國的監獄與軍隊甚至有 A.A. 的聚會，「大書」也成了會員們的首要讀物。

A.A. 進入軍隊與監獄

「大書」與 A.A. 自然不是萬靈丹，比爾也非聖人，不免有些人譏諷或批評，
有些甚至還專門成立反 A.A. 的網站，但對許多因「大書」而重生的受益者，
這本書無疑深具意義，不難理解為何有人會珍藏，並願意花數萬美元買一冊
有歷史價值的首版首刷，畢竟這顯示「大書」最原始的樣貌。除了首刷，有
些人連後面刷次也順便收藏，因為每個刷次略有不同，例如從第二刷次起，
書脊上標明了第幾刷的字樣；從第八刷起，書的尺寸縮小（因二次大戰後，
物資短缺之故）。此外，首刷書的副標題為《一百多位酗酒男士如何康復的
故事》，第二刷改為《兩千多位酗酒男女如何康復的故事》，之後刷次副
標題的男女人數則不斷遞增，由六千（第三刷）、八千（第四刷）、一萬（第

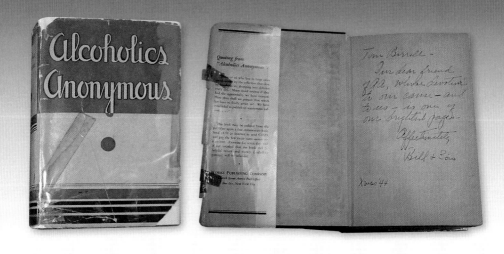

數年前某次加州國際古書展，一位書商展示了這冊首版首刷的「大書」，一開始看到此書破爛爛的樣貌以及五萬元的標價，覺得可笑至極，但打開內頁後，才知道此乃「關聯本」（association copy）是也。「關聯本」指的是書的主人和作者或內容有直接關聯；當一本書很重要、很知名，其關聯本也就更有意義與價值。

五、第六刷），到一萬四千（第七、第八刷），第九刷後則改為《萬千酗酒男女如何康復的故事》，這個副標題也一直沿用迄今。

　　我看過最貴的一本《匿名酗酒者》，標價高達五萬美元，原有的書衣品相不佳、嚴重毀損，還能看到透明膠帶黏貼修補的「暴行」，但因扉頁上有著如此落款：「湯姆・畢瑞爾，我們親愛的 A.A. 朋友，他對我們和我們的理念所付出的貢獻，是我們閃亮的頁章之一。比爾與妻薏絲，1944 年聖誕節。」受書者湯姆・畢瑞爾（Tom Birrell）是 A.A. 早期的會員與基金會的理事，出錢又出力，比爾曾在書中和演講中感謝他。一本重要之書加上如此有意義的題贈，即便「外在美」欠缺，依然身價不凡。

奇異的「大書」收藏現象

　　數年前我在太平洋書籍拍賣公司（PBA Galleries）曾看到首版十六刷的「大書」整批集中一起待售，拍賣底價為二十萬美元。最不可思議的是，除了首版，之後版本與刷次也有人收藏，拍賣會也曾出現全套第二版（1955~1974）十六刷次。第三版印期長達二十五年（1976~2001），前後共七十四刷次，相信嗎，還是有人收藏！

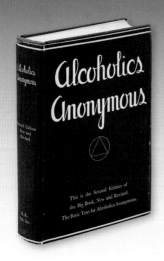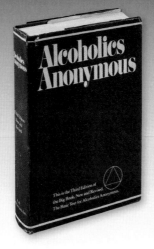

「大書」第二版的封面沿用了第一版的花寫體書名，但整體與第三版的設計沒有太大差異，主要是那個內含三角形的圓形出現的位置不同，一個居中、一個在右下方。圓形代表整體 A.A.，三角形的三邊代表 A.A. 的三個主旨：康復（Recovery）、團結（Unity）、服務（Service），書中書名頁中的標誌清楚顯示了字樣。*Courtesy of PBA Galleries/Dana Weise (left), Justin Benttinen (right)*

有回和一位店中闢有 A.A. 主題書專櫃的書商友人喬・馬奇翁尼（Joe Marchione）聊起這奇特的收藏現象時，他提出了頗有意思的論調。依喬分析，酗酒者有強迫症的特質，他們習於依賴酒精，一旦戒酒後，不免另尋使他們著迷的替代品，而收藏不同版次與刷次的「大書」滿足了如此需求。就某個角度觀之，藏書和飲酒確實有些共通性，兩者都可能上癮，若無節制，都將引發負面效果。

英文有個名詞 "Completist"，用來指稱熱中收集全套物件或紀念品之人，中文姑且翻譯為 「完全主義者」，一個完全主義的藏書者，可能針對某本著作或某位作家或某個主題，設法搜集所有相關的版本，有些還擴及外文翻譯版或電影、電視劇、舞台劇的改編版，甚至著作物出版前在報章雜誌的刊載也不放過；當然，如果能得到作家的手稿或寫稿用的打字機、鋼筆、書桌那就更完美了。

對於收藏 A.A. 相關書的完全主義者，2018 年 5 月 5 日以經手名人物件著稱的公司「歷史略傳」（Profiles in History）所拍賣的「大書」排版印刷前使用之編輯修改稿，無疑是夢寐以求之聖杯。此份一百六十一頁的打字印本原為比爾所有，內頁有許多不同的筆跡，標示各種意見、改動與校對，展示了「大書」集體創作與編輯的演進過程。

A.A. 服務中心出版了「大書」的中文摘譯本，繁體字與簡體字版書名各為《戒酒無名會》與《嗜酒者互诚协会》。

　　比爾去世後，妻子妻薏絲於 1978 年將此書稿送給好友貝律‧李奇（Barry Leach），還特別簽名題贈謝詞。李奇為早期加入 A.A. 的男同性戀，他是另一本暢銷書《清醒過活》（*Living Sober*）的匿名作者，曾協助妻薏絲編輯她的自傳，李奇 1985 年去世後，這份稿件下落不明，直到 2004 年才在蘇富比拍賣會出現，成交價為一百五十七萬六千美元的天價，2007 年蘇富比二度拍賣，成交價下滑，但還是高達九十九萬兩千美元。

富豪酒鬼買下「大書」樣稿

　　「歷史略傳」早在 2017 年就打算三度拍賣此稿本，卻被迫喊停，原來李奇 1979 年發了封公證信函，表示稿件在他死後將無條件贈送給 A.A. 服務處，但數十年來大家把此事給忘了，這封信也不知放在哪，直到第二次拍賣後才被發現，A.A. 服務處因此訴請法庭阻止拍賣並宣示他們才是合法的主人。

　　此烏龍事件最後庭外和解，「歷史略傳」因此在隔年（2018）5 月 5 日重新拍賣，成交價為兩百四十萬美元（含佣金）。買下此稿件的是美式橄欖球隊印第安納波利斯「小馬隊」（Colts）的擁有者吉姆‧爾瑟（Jim Irsay）。爾瑟除了熱愛球賽，也是一個搖滾樂迷與收藏家，藏品林林總總包含了約翰‧藍儂、喬治‧哈里遜、鮑勃‧狄倫、貓王艾維斯‧普里斯萊和「王子」（Prince）等人的吉他，以及甘迺迪總統的雪茄盒、喬治華盛頓的信件等。

　　爾瑟還在 2001 年買下了《在路上》（*On the Road*）的初稿，1957 年出版的《在路上》，是「垮掉世代」（Beat Generation）的經典作，作者傑克‧凱魯亞克（Jack Kerouac）1951 年時，在三個星期內用打字機一氣呵成把初稿

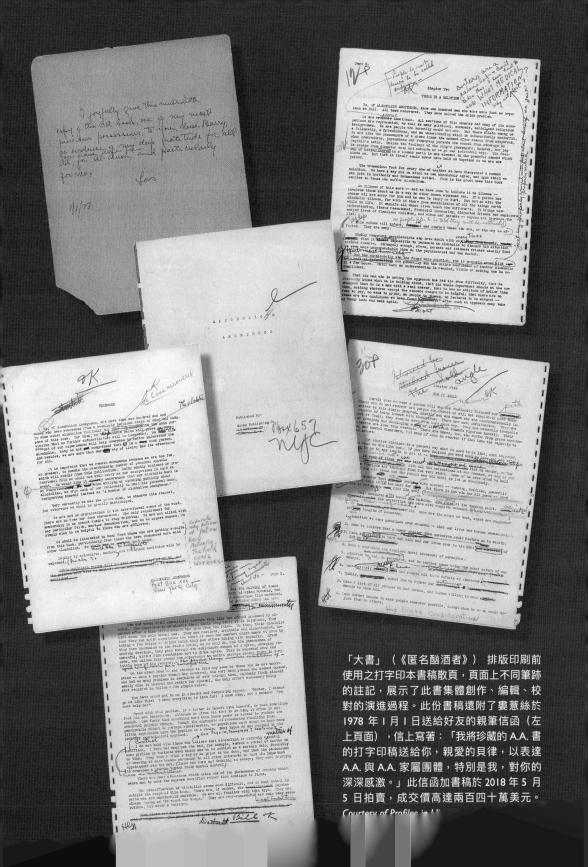

「大書」（《匿名酗酒者》）排版印刷前使用之打字印本書稿散頁，頁面上不同筆跡的註記，展示了此書集體創作、編輯、校對的演進過程。此份書稿還附有婁薏絲於1978年1月1日送給好友的親筆信函（左上頁面），信上寫著：「我將珍藏的 A.A. 書的打字印稿送給你，親愛的貝律，以表達 A.A. 與 A.A. 家屬團體，特別是我，對你的深深感激。」此信函加書稿於2018年5月5日拍賣，成交價高達兩百四十萬美元。
Courtesy of Profiles in Hi...

兩位 A.A. 創辦人的事蹟一直受人們傳頌，2012
年有本書《鮑伯醫生與比爾·W. 開講》（Dr. Bob
and Bill W. Speak），輯錄兩人的書信和演講集，隨書附上
一張 CD，內含他們生前的語音談話；同年（2012）還有一部比爾·
威爾森的紀錄片，片中不僅穿插兩人生前留下的語音與影片，還採
訪一些參加 A.A. 的酗酒者，配樂使用了華裔知名音樂家馬友友演奏
的巴哈無伴奏大提琴組曲。在 YouTube 也可看到、聽到鮑伯醫生與
比爾的影音。

打在約三十六公尺的長軸紙上。爾瑟當年花了兩百四十三萬美元（相當於現
今三百五十萬美元）從拍賣場買下此長卷軸初稿後，並未把戰利品鎖在保險
箱或自家書房，而是經常出借給美國的圖書館與博物館展覽，甚至遠渡重洋
到了義大利、英國、愛爾蘭，非常吻合書名《在路上》的意象。

爾瑟本身有酒精和藥物上癮的問題，他自稱已有十多年未喝酒，且持續
參加 A.A. 聚會，但他因受傷與手術之故，大量依賴藥物止痛，前些年還因
服藥過度、神智不清開車而被判刑，並進了勒戒所。爾瑟買下「大書」的編
輯修改稿後，接受了媒體採訪，表示自己二十五年前首度參加 A.A. 聚會，
對於這團體和創辦人的所作所為感到驚嘆，他預計未來每年有幾個月會把這
份歷史稿件放在紐約市 A.A. 總部展覽。爾瑟說他本想匿名買下這稿件，以
維持 A.A. 的匿名傳統，但考慮後決定公開，希望此舉有助他人，並試著扭

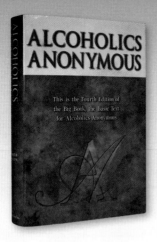

第四版第一刷的「大書」於
2001年出版，到2018年2月
為止，已印行四十刷。

轉大眾對酗酒與其他成癮症的偏見。

　　根深柢固的偏見不易消除，但透過爾瑟的文化豪舉、媒體的報導，人們因而得知《匿名酗酒者》這本形塑美國之「大書」的相關掌故與影響力。有些人議論爾瑟花在這些稿件的金額高得太離譜、太可笑，但「歷史略傳」2011年拍賣了女星瑪麗蓮·夢露在《七年之癢》影片中穿的那件被地鐵通風口氣流掀起的米白色無袖連身裙，成交價五百五十二萬美元，這是否也太離譜？情感與歷史的價值總是主觀，他人難以置評。🐝

後記　由於自己是個社交飲酒者（social drinker），沒有酒精依賴的問題，以往總認為怡情小酌是件雅事，宴請朋友時，常常詢問對方是否要來杯酒助興。自從我旅居美國，在古書展、古書店、拍賣會遇見《匿名酗酒者》這本「大書」，並進而得知同名團體 A.A. 的歷史以及其創辦人和諸多酗酒者的故事之後，我再也不會邀酒或勸酒，甚至不會主動點酒；原來有些人因為心理或生理的問題，喝了酒就停不下來，特別是有些人正努力戒酒中，在他們視線可及處放上一小杯酒，都成了致命的吸引力。

　　很早很早前就構思要寫一篇有關匿名酗酒者的文章，期間看了諸多參考書、傳記、小說、影片，但寫寫停停，沒想到一拖就是十多年；最終還是寫了這篇，希望華文世界的讀者能因此多少認識《匿名酗酒者》這本形塑美國的「大書」以及它的影響力。

初稿刊登於 2018 年 4 月 30 日、5 月 1 日

A.A. 與通俗文化

　　華文世界的讀者這些年對「匿名酗酒者」協會（Alcoholics Anonymous；英文通常簡稱 A.A.，以下延用此縮寫指稱協會）應該不會太陌生，這多半得感謝偵探小說家勞倫斯・卜洛克（Lawrence Block），感謝他寫的馬修・史卡德（Matthew Scudder）系列，這系列小說的主人翁史卡德是一位酗酒的私家偵探，隨著系列故事開展，他由經常買醉逐漸轉為有所節制，如此改變在於他參加了匿名酗酒者協會辦的戒酒聚會，從一開始在會中只介紹自己「我叫馬修，我是個酒鬼」，到後來積極參與，不僅拉人出席，有時還幫忙找在聚會中演說的見證者，一度還成了輔導人，馬修後來雖戒酒，但還是持續參加聚會。

　　卜洛克對某些凶殺案情節的安排，有時不免薄弱、牽強些，但史卡德這號人物的描繪卻相當細微、立體、具說服力，特別是鋪陳他酗酒到戒酒的起承轉合歷程，使得整個系列生動鮮明，沒有一般類型小說的刻板單調，這或許與自身經驗有關，卜洛克接受媒體採訪時，曾表示自己過往有酗酒的問題。透過卜洛克／史卡德，讀者多少了解 A.A. 的文化，例如聚會往往借用教堂地下室或醫院的附屬空間，會場提供茶水點心，一切免費，但接受樂捐，會員可以找戒酒時間較長者當輔導人，另外也得知紐約市不分晝夜、不分區域，都有大大小小、不同主題的戒酒聚會進行。特別是 2011 年出版的《烈酒一滴》（*A Drop of the Hard Stuff*），更是以 A.A. 為全書的主要背景，描述一位 A.A. 成員，因為進行十二步驟，而意外導致自己和輔導人被殺的故事。

偵探小說家勞倫斯・卜洛克寫的馬修・史卡德系列，主人翁史卡德是一位參加 A.A. 戒酒聚會的私家偵探。《烈酒一滴》一書中的謀殺案更是以 A.A. 和十二步驟為主軸發展。

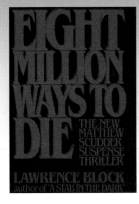

馬修·史卡德系列的《八百萬種死法》（*Eight Million Ways to Die*）1982 年出版，同名電影 1986 年上映，由奧力佛·史東（Oliver Stone）改編為劇本。

　　馬修·史卡德系列廣受歡迎，不僅出了多種語言版本（含中譯本），還有幾本書改編成電影。另外，不少美國的影片也以 A.A. 為素材；1952 年的兩部影片《斷腸相思》（*Something to Live For*）、《回來吧，小希巴》（*Come Back, Little Sheba*；另譯為《蘭閨春怨》）的主人翁都有酗酒的問題並接受 A.A. 的協助。《回》片改編自同名劇本，1950 年百老匯已先上演舞台劇，電影與舞台劇的女主角皆由雪莉·布斯（Shirley Booth）擔綱，她因此先後得了東尼獎與奧斯卡獎。此片在 1977 年又改編成電視單元劇，三位主角由知名演員勞倫斯·奧立佛、瓊安·華德、嘉莉·費雪飾演。

　　1958 年的電視單元劇《醇酒與玫瑰時光》（*Days of Wine and Roses*），劇情由一位男士在 A.A. 聚會中的告白開展，他回溯如何慫恿原來不喝酒的妻子成為他的最佳酒伴，當過度酗酒毀了兩人的生活後，他下決心加入 A.A. 戒酒，但妻子卻難以自拔，酒精曾使他們親暱，最後又令他們分離；此劇 1962 年改編為電影，次年獲得奧斯卡獎五項提名，2003 年改編為舞台劇。

　　1995 年上映的《酒鬼》（*Drunks*），以紐約市某晚與次日清晨的兩場 A.A. 聚會為主要背景，片中幾位在聚會上講述自己故事的酗酒者包含了知名演員，如費·唐納薇（Faye Dunaway）、戴安·韋斯特（Dianne Wiest）、卡莉絲塔·佛拉克哈特（Calista Flockhart）等人。

　　梅格·萊恩在 1994 年的影片《當男人愛上女人》（*When a Man Loves a Woman*）中飾演一位酗酒的妻子，因生活失控而參加 A.A. 聚會，飾演先生的安迪·賈西亞則參加了「酗酒者家屬團體」（Al-Anon Family Groups）的聚會，後者是由 A.A. 創辦人比爾的妻子婁薏絲和另一位酗酒者的妻子安（Anne B.）於 1951 年所創立，酗酒者的親友們聚集一起，除了學習理解與鼓勵所愛之人，也尋求彼此的安慰與協助，的確，酗酒不單是當事人受難，

劇作家威廉·英格（William Inge）把他的酗酒與 A.A. 經驗融入 1949 年所寫的劇本《回來吧，小希巴》（另譯為《蘭閨春怨》），此劇分別於舞台、電影、電視演出，並且出版成書。

他們的親友一樣受苦。珊卓·布拉克在 2000 年主演的《28 天》（*28 Days*）片中，因酗酒而在姊姊的婚禮上嚴重失態，之後還迷迷糊糊開車撞上民宅，以致進了勒戒所，她在勒戒所二十八天中所參加的小組聚會與十二步驟療程，就是類似 A.A. 的模式。

另一部 2009 年的浪漫喜劇片《一個購物狂的告白》（*Confessions of a Shopaholic*；另譯為《購物狂的異想世界》），其中那位花錢無度、愛買成性的女主角，在好友的勸說下所參加的斷戒聚會「匿名購物狂」（Shopaholics Anonymous），也是仿照 A.A. 的型式。

1989 年的《我的名字叫比爾 W.》（*My Name Is Bill W.*）與 2000 年的《當愛還未夠：婁薏絲·威爾森的故事》（*When Love Is Not Enough: The Lois Wilson Story*）是兩部傳記影片，分別以比爾和婁薏絲為影片的主軸。每個戒酒成功的男人，背後往往都有一個偉大的女人，後者就是敘述這麼一個故事。

現實生活中，許多名人也都曾因戒酒而參加 A.A. 聚會，例如演員安東尼·霍普金斯、羅賓·威廉斯、艾爾·帕西諾、麗莎·明尼利、黛咪·摩爾、琳賽·羅涵、小勞勃·道尼、陶比·麥奎爾，和獲得 2018 年奧斯卡金像獎最佳男主角獎的蓋瑞·歐德曼、歌手艾爾頓·強、吉他之神艾力克·卡萊普頓、超級模特兒凱特·摩斯、娜歐蜜·坎貝兒等，這個名單長到列不完。雖然 A.A. 要求與會者匿名，但這些人大家豈會不認得，無所不在的狗仔隊更是不會放過報導，一些名人也樂於在回憶錄或媒體分享他們的經驗；金屬樂團「夢劇場」（Dream Theater）還以十二步驟為主題，寫成十二首組歌。A.A. 這個縮寫在美國已成了人們耳熟能詳的名詞；無可否認，通俗文化與名人效應具有相當的影響力。 ✿

初稿刊登於 2018 年 5 月 1 日

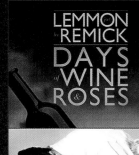

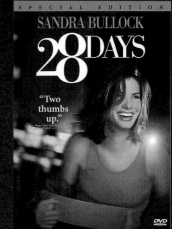

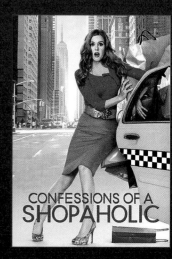

美國影片的情節，經常出現 A.A. 的聚會型式與提及十二步驟，例如 1962 年的《醇酒與玫瑰時光》（上排左）、1994 年的《當男人愛上女人》（上排中）、2000 年的《28 天》（上排右）、1995 年的《酒鬼》（中排左）；2009 年的《一個購物狂的告白》（中排右）。此外，A.A. 創辦人之一比爾與妻子婁薏絲的故事也成了傳記影片的題材，例如 1989 年的《我的名字叫比爾 W.》（下排左）與 2000 年的《當愛還未夠》（下排右）；對比爾與婁薏絲的故事感興趣者，也可在 YouTube 上看到他們兩人晚年在家中談論 A.A. 過往的紀錄片。

PART
II

話書人

SPEAKING OF

BOOK
PEOPLE

八卦作家楚門・卡波提

Truman Capote

Prince of Gossip

英美文學界最知名、色彩最鮮明的八卦教主楚門・卡波提，自然是雜誌《採訪》（*Interview*；另譯為《閒言風語》）的最愛，1978 年 1 月份的雜誌還用卡波提的人像當封面圖。此雜誌由安迪・沃荷創辦，以八卦閒聊為主題。

我總是想著楚門・卡波提（Truman Capote, 1924~1984）的一句話：「所有的文學都是八卦，從傳記、到散文、到小說、到短篇故事，全都是八卦。」

聊八卦、看八卦，其實多數人都愛，否則西方的小報（Tabloid）不會銷路如此好，以致連一般的主流報紙，例如英國的《泰晤士報》、《衛報》等，即使礙於身段不能在內容上降格與之看齊，卻也紛紛把開本由原來大大的開數改成小報的小開數。近年來不少華文世界的媒體也是日益趨向大篇幅報導八卦，只不過一般媒體的八卦多半是偏向演藝圈、政治圈或社交圈的人物。對於哪個明星詐賭？哪個政客搞婚外情？哪個富商是否真的找代理孕母生子？坦白說，我的興趣不高，但我和一些書人對國際文壇的八卦卻相當入迷。

誰是楚門・卡波提？

記得 2005 年 11 月，我在旅居的舊金山看了根據這位美國男同性戀作家楚門・卡波提為題材所拍攝的同名傳記影片《卡波提》（*Capote*）後，有好一陣子我和此地一些文友們的話題動不動就扯到卡波提的人與書。次年 3 月初，美國奧斯卡頒獎揭曉，一如大家所預期的，最佳男主角由主演影片的菲力普・西蒙・霍夫曼（Philip Seymour Hoffman）獲獎。

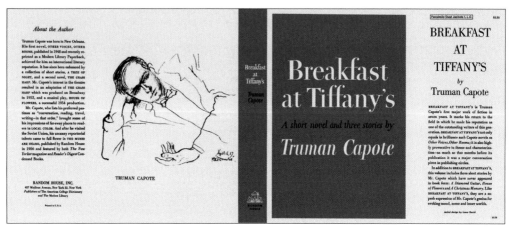

楚門・卡波提的短篇小說集《第凡內早餐》1958 年由美國知名出版社蘭
登書屋出版，首版的封面設計走簡約路線，封底是卡波提的人像素描。
Courtesy of Mark Terry

　　華文世界的普通讀者對於卡波提可能不是特別熟悉，但是若提到《第凡
內早餐》（*Breakfast at Tiffany's*）這部電影，多數人都有印象，卡波提正是此部
影片的同名原著作者，雖然這部影片的劇情被改得和原著內容相差甚遠、女
主角也不是卡波提心目中的最佳人選，相信嗎？他中意的人選其實是瑪麗蓮
・夢露，但可愛的奧黛莉・赫本加上尊貴的第凡內再加上那迷死人的主題曲〈月
河〉（Moon River），使得影片受到歡迎，連帶也拉抬原著的聲勢，書 1958
年出版後，再版了 N 次，成了卡波提創作生涯的第二波高峰。同時代另一位
美國知名作家諾曼・梅勒（Norman Mailer）曾這麼說：「楚門・卡波提是我
們這代最完美的作家，他寫出最佳的文字、最佳的韻律。《第凡內早餐》將
成為一本輕經典，我絕不會改動內文的兩個字。」

天生的「開麥拉費司」

　　卡波提的第一個高峰其實早在出版首本著作《其他聲音、其他房間》
（*Other Voices, Other Rooms*）前後。他在 1945 年底與主流出版社蘭登書屋
（Random House）簽約，拿了不多的預付版稅（*一千兩百美元，而且還是
十二個月分期付款*），專心要寫完這部小說。時值二次大戰結束，大家都引
頸期待下一個海明威、下一個費滋傑羅的到來。1947 年某期《生活》（*Life*）
雜誌因而作了一個新生代優秀作家的專輯報導，被圈選的作家中，除了卡波

奧黛莉‧赫本主演的《第凡內早餐》是電影史上的一部經典，連帶也拉抬了同名原著的聲勢，影片和書半世紀以來都未曾受人淡忘。

1947年楚門・卡波提尚未出書，就因為《生活》雜誌刊登這張氣氛十足的大篇幅照片而成了明星。

提僅在雜誌上發表些短篇故事外，其他介紹的年輕作家至少都已經出版了一本著作，然而報導文章首頁所占四分之三版面的大幅圖片用的竟是卡波提的獨照，而且預告《其他聲音、其他房間》即將出版，讓許多作家又忌又妒，更讓賽門休斯特出版社（Simon & Shuster）的創辦人理查・賽門（Richard Simon）怒氣衝衝地打電話給蘭登書屋的創辦人班奈特・瑟弗（Bennett Cerf），質問他到底要了什麼詭計，把一個尚未出書的作家的照片放在《生活》雜誌如此顯眼的版面？瑟弗當下反譏：「你想我會告訴你嗎？難道梅西（Macy's）會對金寶（Gimbels）說嗎？」（梅西與金寶是當時紐約市最大的百貨公司，後者現已不存在。）

　　事實上，瑟弗當時根本還沒看到雜誌，更不知他旗下的作家已經成了話題人物，蘭登書屋也沒有向《生活》雜誌關說。注重圖像效果的《生活》雜誌會如此安排，實在是因為卡波提太上相了，英文稱之為"photogenic"，中文可以用「擁有開麥拉費司」來形容。他穿著三件式的西裝、打著領帶、兩腿微微交疊坐在維多利亞式的椅子上，右手輕撚半截煙，清秀柔弱的臉孔浮現出一絲絲憂鬱又尊貴的文藝氣息，背景則是充滿典雅的家具與飾品，整個構圖的氛圍非常能抓住讀者的目光，套用現在的術語，就是有「賣點」。我在寫這篇文章時，有幸買到這本老雜誌，真是覺得太神奇了！

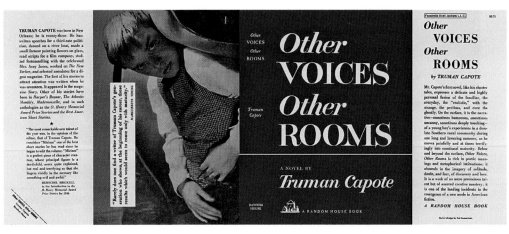

這是楚門‧卡波提第一本書的書衣（護封）設計，由於封底這張稚嫩又帶些邪惡的影像，使得人們對作者的好奇遠高於書的內容。卡波提在某次訪談中表示不覺得這張照片有什麼不對，他說自己不過是躺在沙發上望著相機，但觀者以為他在誘人往他身上撲。*Courtesy of Mark Terry*

　　《其他聲音、其他房間》在 1948 年 1 月出版時，已經註定是成功的一半，雖然書評毀譽參半，但這本書卻上了《紐約時報》的暢銷排行榜，達九個星期，銷售量超過兩萬六千本，這數字對一個新手作家來說，算是相當好的成績。幫助書籍銷售的理由之一，又是和照片有關。

自我行銷的高手

　　這本書的書衣雖然頗為素樸，深灰藍的底色配上簡單的反白字，沒有任何圖像設計，但是背面卻是滿版作者的橫式半身照，得倒轉九十度來看。照片中的卡波提又是另一種風貌，他身著淺色襯衫、外罩細格紋背心、打著深色小領結，慵懶地斜倚在太妃椅上，頭髮垂蓋前額，微微上揚的眉毛下，一雙靈活的雙眼直勾勾地投向鏡頭，畫面裡的卡波提看起來像個既清純又帶點邪惡的俊俏小男生。這張照片甚至成了對外的宣傳海報，引發不少遐想。卡波提宣稱照片是他的好友攝影師哈洛德‧哈瑪（Harold Halma）隨意捕捉到的影像，而且是編輯主動從其他照片裡挑選出者，但很多人卻認為是他有心運作的結果。

　　至於書衣後折封口的作者介紹更寫著：「楚門‧卡波提，生於紐奧良，二十三歲。他曾替三流政客寫過演講稿、在河船上跳過舞、因彩繪玻璃瓶上的花朵而發了筆小財、為電影公司讀過劇本、和知名的艾思‧瓊斯太太學算命，在《紐約客》工作過……。」那張明顯設計過的照片再加上這種含混、模糊

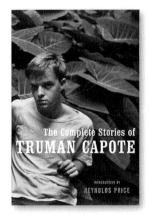
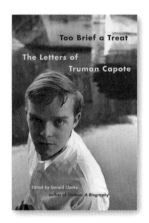
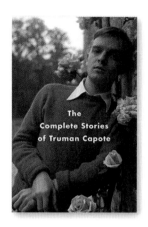

年輕時的卡波提有著俊俏的臉孔，成了不少國際攝影名家的男模特兒，出版社經常使用這些照片在他的書封上。

的夢幻似作者描述（瓊斯太太不知為何許人也、他在《紐約客》雜誌社的工作不過是打雜兼整理檔案，既非社內寫手、也非編輯，任職一兩年間所投的稿件全數被退稿），雖然引來不少人的奚落，認為出版社包裝媚俗、作者過度自戀，但有更多的讀者因此對卡波提的人與書感興趣。

二十多歲時的卡波提確實惹人注目，連英、美、法的攝影名家都無法抗拒他的魅力，我在一些書裡看過幾張塞索·畢頓（Cecil Beaton）、爾文·潘（Irving Penn）、卡爾·畢辛格（Karl Bissinger）、理查·艾維當（Richard Avedon）和布列松（Henri Cartier-Bresson）為他所拍攝的照片，只能讚嘆他是最佳的男模特兒，這固然和他的臉蛋有關，但我以為他懂得如何抓住鏡頭，才是重要的因素。由諸多資料顯示，卡波提自幼就很愛秀、具有表演慾，從中小學時就熱衷於舞台上演戲。他很早就了解媒體的影響力，其擅長自我行銷的本領更是在日後一一展現。

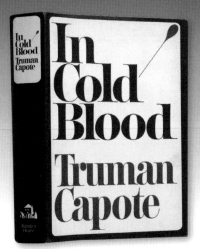
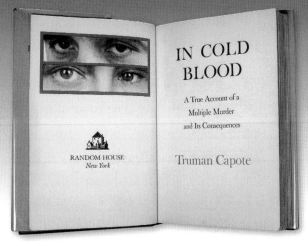

《冷血》一書把卡波提的名聲帶到最高峰，此書對日後新聞寫作產生莫大影響，並成為二十世紀最重要的文學經典之一，圖中所見為 1966 年的首版書樣貌。*Courtesy of PBA Galleries*

一則滅門慘案的新聞

然而把卡波提在西方的名聲推到最高點的，卻是另一本作品《冷血》（*In Cold Blood*；又譯為《凶殺》）。由男星菲力普‧西蒙‧霍夫曼（Philip Seymour Hoffman）主演、製作的影片《卡波提》（台灣片名又譯《柯波帝：冷血告白》），就是以卡波提寫《冷血》這本書前後近六年的過程為主軸。

1950 年代，卡波提除了寫小說，也嘗試為舞台劇和電影寫劇本、替報章雜誌撰寫人物與地方報導，後者讓他產生莫大興趣，他發現當時的新聞寫作幾乎都很乏味、毫無藝術價值可言，因此總難以久傳，也無法被視為高格調的文類，他於是以寫小說的文學手法來報導真實的人、事、地。

1959 年 11 月 16 日，三十五歲的卡波提在當天的《紐約時報》看到一則不起眼的小新聞，簡單報導中西部堪薩斯州芬妮郡的一個小鎮侯孔（Holcomb, Finney County）日前發生了一家四口被槍殺的慘案，凶手逃逸、動機不明。這則簡短的報導引發了卡波提的興趣，他在幾星期後到了案發地，想實際取景、採訪，以小說的寫法為《紐約客》雜誌寫篇報導，描述死者的背景以及這起凶殺案對當地居民的影響。誰知過了沒多久，兩位凶手就在拉斯維加斯落網並遭返至芬妮郡，在和凶手打過照面且觀察了初審後，卡波提

決定要採訪凶手，並意識到一個長篇報導絕對無法涵蓋整個事件的精彩度，得發展成一本書才行。

當他收集了大量的資料、採訪諸多相關人等後，稿子也寫得差不多，但是此案卻幾次上訴，最終判決一延再延、一年又拖過一年，案子不終結、人犯不處決，他這本書將無法結尾，因此他私心希望兩位凶手早日伏法，但另一方面因幾年來與兩人數度面對面採訪和多次通信所建立的親密關係，他又非常不願意這一天到來。如此的道德兩難不斷地在他內心拉扯。兩位罪犯最後終於被判絞刑，他們希望死前能見卡波提一面，卡波提在痛苦掙扎後，總算在最後一刻趕赴刑場，送他們上黃泉路，那天是 1965 年 4 月 14 日，卡波提終能完成《冷血》。接著《紐約客》從 9 月底開始分四期連載，讀者爭相搶閱刊載的內容，次年 1 月《冷血》正式出版，距離他開始寫此書是近六年的歲月。

《冷血》歷程搬上螢幕

菲力普・西蒙・霍夫曼主演的電影精彩地描述了卡波提這段採訪寫作時期，劇情是參考傑洛德・克拉克（Gerald Clarke）執筆的權威傳記《卡波提傳》（*Capote: A Biography*），雖然片子為了效果起見，有些小節與實情略有出入，但整體而言算是相當寫實。特別是其中展現了卡波提的多樣面，例如他採訪時使出渾身解數，連哄帶騙、很能收服人心，芬妮郡的居民、警探到凶犯很快就臣服於他奇特的魅力；案子延宕、寫作不順時，他則變得焦躁與沮喪；面對最後的死刑時，他又是如何幾近崩潰。

更令人激賞的是霍夫曼在此片中的演技。雖然卡波提的身材矮小，身高僅約 160 公分，而霍夫曼約 177 公分，但他刻意減重數十磅，讓自己的尺寸看起來小兩號，此外更把卡波提尖細的嗓音、女性化的手勢、面部的表情、走路的姿態全都模仿得出神入化。我曾看過卡波提現身說法的的採訪影片，欣賞了霍夫曼在大螢幕的演出後，還是得用一個字形容──讚！

話說 2006 年 1 月 19 日，霍夫曼正巧在我旅居的舊金山有場訪談，門票所得將贊助他主持的表演工作坊（LAByrinth Theater Company），雖然我不是一個追星族，但為了向他的演技致敬，花了二十五美元買門票進場，那天正是他因電影《卡波提》獲金球獎最佳男演員後三天。當我聽到台上的霍夫曼本尊發出低沉的原音、看著他粗壯的身軀侷促地擠塞在椅子上時，完全無

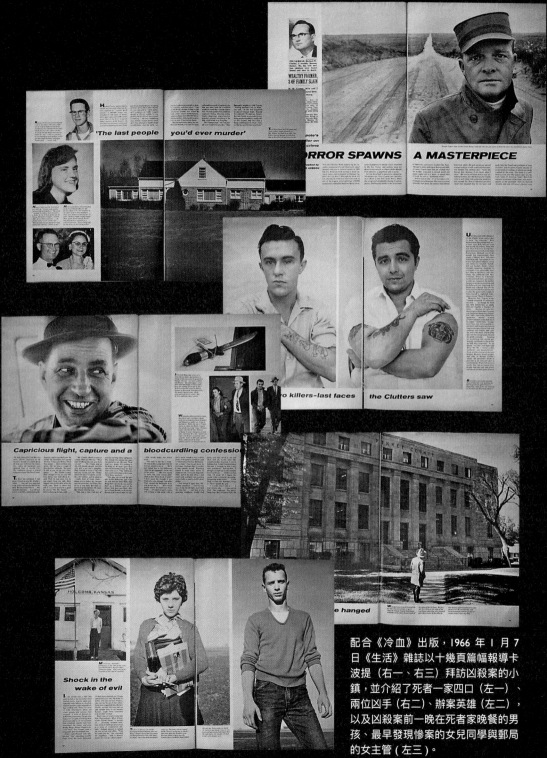

配合《冷血》出版，1966 年 1 月 7 日《生活》雜誌以十幾頁篇幅報導卡波提（右一、右三）拜訪凶殺案的小鎮，並介紹了死者一家四口（左一）、兩位凶手（右二）、辦案英雄（左二），以及凶殺案前一晚在死者家晚餐的男孩、最早發現慘案的女兒同學與郵局的女主管（左三）。

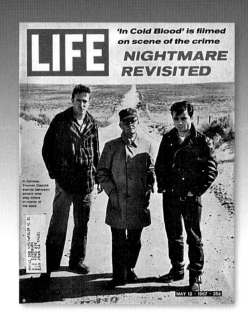

《冷血》同名電影開拍後，1967 年 5 月
12 日那期《生活》雜誌又作了一次專輯，
報導拍片現場的花絮，雜誌封面合照為
卡波提 (中) 和飾演兩位凶手的演員。

法把他和影片中的卡波提聯想在一起，也難怪他會贏得諸多影展的最佳男主
角獎，包括最受矚目的奧斯卡，多數人也都對此結果心服口服。

　　一如這部電影是霍夫曼成功地邁向一線演員的里程碑，《冷血》這本
書也奠定了卡波提在美國文壇的崇高地位，除了佳評不斷外，出版頭一年
就在《紐約時報》暢銷書排行榜三十七個星期。比較值得爭議的是，卡波
提宣稱他因這本書而開創了一種新的寫作類型「非杜撰小說」（nonfiction
novel），因為他以小說的手法來報導真實的事件。就嚴格定義來看，小說就
是杜撰的故事，如果非杜撰者，就不能稱之為小說，因此不少人譏諷「非杜
撰小說」這個名詞根本就說不通。此外，卡波提也並非史上第一個運用小說
的技巧來描寫事實的作家，這點他也知道，但他不斷強調其他人從未以此方
式延伸成大篇幅的小說。無論如何，《冷血》確實對日後新聞寫作產生了莫
大影響，並成為美國文學的經典之一。

　　1966 年或許可以稱之為「楚門．卡波提年」，年頭他出版了名利雙收的《冷
血》，不僅媒體密集報導，而且又賣出電影和平裝書版權，收益預估有兩百萬
美金。稍晚四十八頁的《聖誕節回憶》（A Christmas Memory）以禮物書型式出版，
書的內容雖十年前已在雜誌上發表，且收錄在《第凡內早餐》，但這個講述卡
波提幼年時與一位六十多歲遠親素可 (Sook) 相依為命的短篇自傳體故事單獨

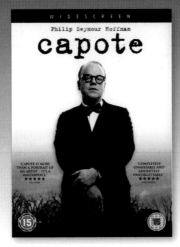

霍夫曼的粗狀身軀、低沉原音，都很難讓人把他和傳記影片《卡波提》中飾演的人物聯想在一起。

出書後，還是賺人熱淚與銀兩。年尾他更在紐約市最著名的「廣場旅館」（The Plaza Hotel）舉辦了一場「黑與白舞會」（Black and White Ball），邀請五百多位社會名流、各類菁英參與。挑剔、唯美的他不僅嚴控賓客名單，並以電影《窈窕淑女》（*My Fair Lady*）裡一場黑白舞會為藍本，在邀請函上要求男士得打黑領帶、戴黑面具，女士則是黑或白色禮服搭白色面具。意氣風發的卡波提打算邀請所有他喜愛的人參加，辦一場前所未見的完美派對，讓世界聚焦於他，據聞有些名媛為了能得到派對的邀請，不惜哭哭鬧鬧、以死相逼。

世紀派對楚門秀

　　大家都知道這將是一場「楚門秀」，但名義上卡波提卻說是為了榮耀凱瑟琳・葛蘭姆（Katharine Graham），將她列名為舞會的主賓。葛蘭姆在回憶錄《個人歷史》（*Personal History*；中譯本天下文化出版）裡，提到她其實是卡波提的「道具」，不過從書中可看出，這位活道具顯然毫不介意，而且還留下美好的記憶。葛蘭姆的家族擁有《華盛頓郵報》與《新聞週刊》，當她的先生在 1963 年自殺身亡後，她被迫接掌公司並主導媒體，成了當時美國最有權勢的女性，日後《華盛頓郵報》揭露水門事件就是在她任內發生。請來葛蘭姆當女主人，等於是拉抬了舞會的層次，卡波提再一次顯示他是個公關高手。

　　1966 年 11 月 28 日那晚舞會的簽到簿宛如一冊國際名人錄，裡面包含

了文學家諾曼・梅勒、瑪莉安・摩爾（Marianne Moore）、經濟學家約翰・蓋伯瑞斯（John Kenneth Galbraith）、歷史學家小阿瑟・施萊辛格（Arthur Schlesinger, Jr.）、攝影家塞索・畢頓、安迪・沃荷、《紐約時報》發行人亞瑟・歐克斯・舒茲博格（Arthur Ochs Sulzberger）、出版家班奈特・瑟弗、服裝設計師奧斯卡・德拉倫塔（Oscar de la Renta）、企業家亨利・福特二世、以及諸多影歌星，例如法蘭克・辛納屈（Frank Sinatra）與他新婚的年輕妻子米亞・法蘿（Mia Farrow）、羅倫・芭寇（Lauren Bacall）、亨利・方達（Henry Fonda）、甘蒂絲・勃根（Candice Bergen）等。當然有不少來自政治世家，包括三任總統（羅斯福、杜魯門、詹森）的女兒、甘迺迪總統的母親、賈桂琳・甘迺迪的妹妹等，另外還有一堆帶著繁複頭銜的歐洲皇室貴族。不過，並非所有來賓都是有錢或有名，卡波提的鄰居、中學老師、堪薩斯州協助他的朋友也都在受邀之列。

四十年後還有作家寫了本專書《世紀派對》（*Party of the Century*）回顧這場星光燦爛的豪華盛會，裡面巨細靡遺地描寫派對的背景、過程、影響力，以及與會的男男女女。

從電影《卡波提》中，可以看出卡波提是個喜歡熱鬧的派對動物（party animal）。為了能專心寫《冷血》，他壓抑愛好群居的本性、刻意遠離紐約市，大多時間都待在歐洲寫作。但在那場被媒體喻為「世紀派對」的舞會後，他成了社會名流爭相邀請的對象，他的自制力逐漸失控，日子泰半在私人座機、遊艇、別墅間穿梭，伶牙俐齒、喜傳八卦的他，不僅娛樂周遭友人，也常上電視脫口秀。他甚至還上了大螢幕，客串主演了部為他量身訂做的電影（*Murder by Death*）。當一個作家花如此多的時間和精力在這些事務上時，要想有紀律地持續創作幾乎不可能，再加上他和幾位有婦之夫牽扯了幾段傷神的戀情，又日益仰賴酒精與藥物，以致他後來的生活一團糟。

不再應許的祈禱

電影結束時，字幕提到：「卡波提在《冷血》後，不曾再完成一本書。」這個說法可能會引起一些爭議與誤解。事實上，卡波提日後還是出版了幾本書，但多半內容是早期的文章合集，1967、1983 年分別出版的《感恩節訪客》（*The Thanksgiving Visitor*）、《一個聖誕節》（*One Christmas*）固然是新作，不

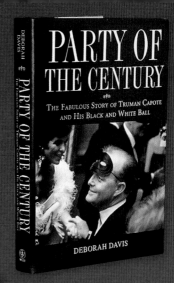

1966 年底，卡波提在紐約市舉辦的一場黑與白面具舞會，被喻為世紀派對，所有媒體爭相報導；數十年後還有不少雜誌作專輯回顧，四十周年時有一本專書《世紀派對》（右上圖）出版。

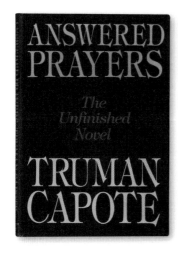

《應許的祈禱》是一本未完成的小說，卡波提原本希望此書能成為他的代表作，但死前只發表部分章節。

過原也只是短篇故事，出版社仿照《聖誕節回憶》分別出成六十來頁與四十來頁的盒裝禮物書，連封面的圖像都相同。他生前最後出版的一本合集是1980年的《給變色龍的音樂》（*Music for Chameleons*），內文倒全是他在1970年代發表的新作。

　　早在《冷血》之前，卡波提就已經開始構思一個長篇小說，他希望能成為美國的普魯斯特，以上流社會為背景，寫出類似《追憶逝水年華》般的巨著，他連書名——《應許的祈禱》（*Answered Prayers*）——都先取好了。《冷血》出版後，他才又投入《應許的祈禱》。依他所言，所有的情節和角色都有所本，很容易就記在腦海，不需再憑空想像。只是眾人都已聽膩了他的預告，近十年卻遲遲未見這本「巨著」的隻字片語。

明星作家成了燙手山芋

　　1975年6月份的《君子》雜誌（*Esquire*）總算刊出了《應許的祈禱》的一個篇章〈摩哈維沙漠〉（Mojave），外界多為讚美之聲。11月份的《君子》再刊出另一篇章〈1965年巴斯克海岸〉（La Côte Basque, 1965），卻引起一片譁然。這篇內容以紐約市「巴斯克海岸」餐廳為背景，時間為1965年的一個午后，卡波提藉著一位社交名媛與男同伴的交談，道出不少流傳於英美上流社會的八卦與醜聞，也對不少名人作出刻薄的評論，有些引用真實姓名，例如賈桂琳·甘迺迪與其妹妹、《麥田捕手》的作者沙林傑、卓別林夫婦、《大國民》的導演奧森·威爾斯、英國的瑪格麗特公主等；有些人名雖經改動，

Esquire NOVEMBER 1975 PRICE $1.50

RICH LITTLE TEACHES YOU TO IMITATE BOGART! ALSO: EXPERT INSTRUCTION ON TAP-DANCING AND JOKE-TELLING SEE PAGE 86

AT LAST: TRUMAN CAPOTE'S NEW NOVEL, ANSWERED PRAYERS—A FIRST LOOK

WHY YOU SHOULDN'T MESS AROUND WITH DICK GOODWIN

AN UNPUBLISHED SONG BY COLE PORTER

DID NIXON LIE ABOUT THE HISS CASE?

Esquire MAY 1976 PRICE $1.50

Capote Strikes Again! More from Answered Prayers: The most talked-about book of the year

What if your hair had only six months to live?

Why blacks aren't scary anymore

The cholesterol war: Should America kill all its chickens?

Dress like a hooker and charge it–page 70

Esquire THE MAGAZINE FOR MEN JUNE 1975 PRICE $1.50

Mojave by Truman Capote "At 5pm that winter afternoon, she had an appointment with Dr. Bentsen, formerly her psychoanalyst and presently her lover. When their relationship had changed from the analytical to the emotional, he insisted, on ethical grounds, that she cease to be his patient. Not that it mattered…" (continued on page 83)

Esquire DECEMBER 1976 PRICE $1.50

TRUMAN CAPOTE'S GIFT TO AMERICA: KATE McCLOUD! (Open before Christmas—Answered Prayers inside)

WHY GOD NEVER SLEEPS AT THE HOLIDAY INN

KRIS KRISTOFFERSON SINGS THE GOOD-LIFE BLUES

ROBERT PENN

PLUS FABULOUS FASHIONS AND TOYS FOR MEN

(continued from the cover) Mojave by Truman Capote …He had not been of much help as an analyst, and as a lover—well, once she had watched him running to catch a bus, two hundred

LA COTE BASQUE 1965

BY TRUMAN CAPOTE

《君子》雜誌在這四期雜誌刊登了《應許的祈禱》的部分篇章，第一期以整個封面刊登第一段內文，另有兩期則以卡波提為封面人物。

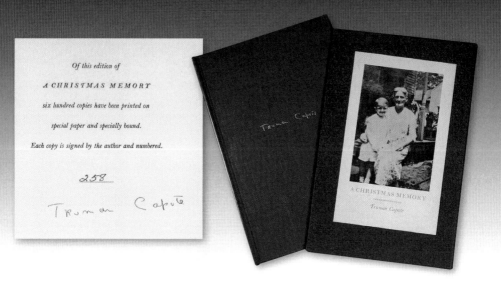

我不時會重讀卡波提的〈聖誕回憶〉，這個溫情又略帶感傷的自傳體故事，受到廣大讀者的喜愛，包括日本作家春上村樹，他甚至將此書翻譯成日文。這則短篇故事最早發表於 1956 年底的雜誌，1958 年收入《第凡內早餐》。1966 年出版社將此故事單獨出版成冊，包裝成禮物書，首版限量六百冊，含編碼和卡波提的簽名，圖中所見就是此版本；書盒上是年幼的卡波提和小時最親近的一位六十多歲遠親素可（Sook）的合照，另一本禮物書《感恩節訪客》也使用此圖像。*Courtesy of PBA Galleries/Dana Weise (left) , Courtney Rock (right)*

但圈內人很容易就可以看出卡波提是影射哪位，其中不乏他認識多年的好友。

　　想當年《第凡內早餐》出版時，一堆卡波提的女性友人都私下竊喜，自以為是書中那位古靈精怪的女主角荷莉‧歌萊特利（Holly Golightly）的原型，然而〈1965 年巴斯克海岸〉裡顯而易見的對號入座，卻讓眾人退避三舍。一夕之間，卡波提成了叛徒、燙手山芋，上流社會的大門不再為他而開。卡波提何以會如此魯莽地冒犯他那群名人朋友？有些人認為他過度天真，自揣被影射的朋友不會識破，即使看出來，頂多不舒服幾天就罷了；有些人認為他那群朋友可能在過往不慎冒犯了他，因而使得他就此報復；也有些人認為他其實是江郎才盡，知道自己再也達不到以往的寫作水準，乾脆就把內容搞得很勁爆、讓人不得不討論。

　　《君子》雜誌（*Esquire*）於 1976 年 5 月、12 月又刊出《應許的祈禱》兩個篇章〈原生模樣的怪物〉（Unspoiled Monsters）、〈凱特‧麥可克勞德〉（Kate McCloud），之後卡波提未再給出新的篇章，而且還捨棄最早發表的〈摩哈維沙漠〉，把它納入《給變色龍的音樂》。卡波提死後兩年（1986），僅有的三個篇章還是結集出版，書名《應許的祈禱》特別加上副標題「未完成的小說」（The Unfinished Novel）。

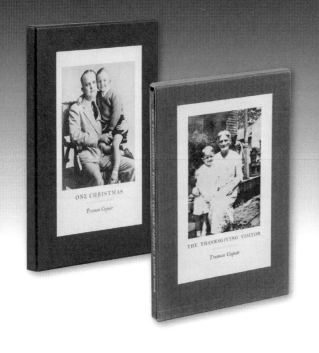

1967、1983 年分別出版的《感恩節訪客》、《一個聖誕節》禮物書，內容分別描述卡波提年幼時與摯愛的遠親素可和疏離的生父過節時的故事，書盒上的照片是他與兩人的合照；卡波提還替《感恩節訪客》錄了有聲書。*Courtesy of PBA Galleries*

藝術家是危險的人物

　　我有一回和紐約市「高談書集」（Gotham Book Mart）的店主人安卓斯·布朗（Andreas Brown）聊天時，他卻有另一番見解。卡波提死後，他的律師艾倫·許瓦茲（Alan Schwartz）聘請安卓斯清點並評估他的藏書、手稿、文件等物品，以便能拍賣或捐贈圖書館。安卓斯熟讀諸多文獻後，認為卡波提其實對上流社會有著愛恨交織的情結，而這又與他的母親有關。卡波提的母親出身低微，和他那位不可靠的生父亞奇·珀森斯（Arch Persons）離婚後，就到紐約市逐夢，後來嫁了位古巴裔富商，過著她想要的光鮮亮麗生活，也把寄養在阿拉巴馬州遠親家的楚門接到紐約市同住，並冠上繼父的拉丁姓氏「卡波提」，他原來的名字其實是楚門·史崔克福斯·珀森斯（Truman Streckfus Persons）。爾後繼父投機做買賣、又挪用公款，最後生意失敗、生活潦倒，愛面子的母親無法過苦日子，終於在一次酒後仰藥自殺。按照安卓斯的分析，卡波提將母親的死歸諸於對上流社會的迷戀與追求，因此他會想描繪出這個圈子的愚蠢、淺薄和毀滅性，這也是他長久以來構思《應許的祈禱》的動機。

　　此外，由於卡波提是極少數能出入歐美名人社交圈的作家，我認為以他

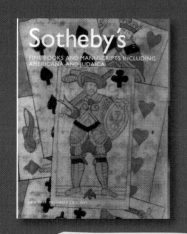

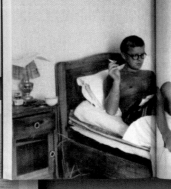

蘇富比拍賣公司 2004 年 12 月初的一本目錄裡，列出了卡波提早年小說《其他聲音、其他房間》、《草豎琴》、短篇故事〈花之屋〉（House of Flowers）、〈鑽石吉他〉（Diamond Guitar）等作品的手寫稿，包括以前從未出版的小說《夏季走過》的筆記本；另外還有近五十張他二十多歲住在義大利西西里島時的生活照，以及百封他的親友（含初戀情人、母親、繼父）寫給他的信，這些具歷史價值的物件，現今存於紐約公共圖書館。

文學家和採訪者的靈敏性格，必然觀察到這個族群的獨特處，並將他們納為寫作的題材，這也說明為什麼早在 1954 年他給出版社發行人瑟弗的一封信上，緊張地表示不能透露《應許的祈禱》，以免驚擾他的「模特兒」。想來他數十年的社交生涯，固然是俱樂部的一員、享樂其中，但也很可能是為了他的寫作而「臥底」。這雙重角色在文章刊登後，終究無法共存。他的行徑也不禁讓人思考，一個作家以周遭友人當成寫作題材時，究竟底線在哪裡？

　　卡波提對外界的批評則強悍地說：「藝術家是危險人物，因為他無法受控制，唯有他的藝術能控制他。」他還表示，如果過世的法國作家普魯斯特身處紐約市，應該也會做同樣的事，大有為了藝術而藝術的口氣。只不過偶爾在午夜夢迴之際，他會含淚哭訴自己從未想到文章會引發如此多的困擾，他無意傷害任何人。在〈1965 年巴斯克海岸〉刊登次年後，他又發表了兩個新篇章，並決定將調性不同的〈摩哈維〉剔除。接下來幾年，他不斷說自己在進行新的篇章，而且還繪聲繪影地描述了部分情節，甚至數度發布即將出書的假消息，只不過少有人看到他靜心寫作，他的編輯也從未見到稿子。這就是為什麼他死後出版的《應許的祈禱》只有三個篇章，而且被稱為「未完成的小說」。

真跡手稿浮現世間

　　卡波提在 1984 年逝世，人們已經逐漸淡忘了他，但 2004 年 12 月初紐約蘇富比的一本拍賣目錄又引發媒體對他的報導，因為拍賣目錄裡赫然出現卡波提早年所寫的小說《夏季走過》（*Summer Crossing*）的真跡手稿，四冊筆記本加上六十二張修改的注解，預估售價為六萬到八萬美元。從一些傳記與書信中可以得知，這篇小說動筆於 1943 年，比他第一本出版的書《其他聲音、其他房間》還要早，被視為他正式創作的第一篇小說，但是他寫寫停停，最後因不甚滿意而放棄，日後並在一封信裡向友人表示，已經把稿子銷毀了；誰知他死後二十年，這篇小說竟又浮現世間！

　　原來卡波提生前在一次搬家過程中，告知管理員將一些他不想帶走的物件當成垃圾處理，而一位曾替卡波提看家的人經過舊居外時，發現了一只廢棄箱子，因而把它撿走。裡面有不少信件、照片和大量他早期的創作原稿，其中包含了《夏季走過》。卡波提的律師兼遺產代理人許瓦茲確認了這批物

原以為被銷毀的《夏季走過》手稿,在作者卡波提死後二十年又浮現世間,並於 2005 年出版成書;圖中所見為美國版精裝本的封面。2011 年傳出此書改編電影劇本的版權賣出,並將由女星史嘉蕾·喬韓森(Scarlett Johansson)擔任影片導演。

件的真實性,但是精明的他也立刻廣發訊息,凡是競標到這些文件者,只擁有物權、不具出版權,他並要求蘇富比在拍賣時得口頭宣告,且在現場座位發傳單。不知是拍賣預估價過高、或是許瓦茲的動作令人卻步,這個廣受矚目、預估總值約二十多萬美元的拍賣會當時居然無人競標!就一般大眾而言,這倒是個好消息,因為紐約公共圖書館最後和蘇富比達成協議,買下整批的文件,讓原本已存的卡波提收藏更為豐富,也讓更多人有機會接觸。

文學與生活皆是八卦

卡波提生前顯然並不想讓《夏季走過》問世,但許瓦茲在和編輯、傳者克拉克等人反覆琢磨後,決定還是在 2005 年 10 月出版,時間正好是霍夫曼主演的電影首映一個月後。2006 年是卡波提舉辦那場黑與白舞會的四十周年,那本關於舞會的專書《世紀派對》適時出版,引來不少報導。

2006 年底又有一部描述卡波提社交生活的影片《聲名狼藉》(*Infamous*)推出,裡面聚集了大堆頭的好萊塢明星;大小書店自然又把他的著作與傳記擺出來熱賣。這一連串事件使得卡波提再次成了話題焦點,引發大家熱烈討論他的作品與人品,無論是褒或是貶,對於一生不甘寂寞、喜歡唇槍舌戰的他,我相信他若活著,反應肯定是:「來者不拒、多多益善。」

我心中最溫暖的卡波提形象，是他還不叫卡波提的年幼時期，那時小楚門寄居在阿拉巴馬州遠親家，這段南方小鎮生活成了他未來創作的源泉，最後轉化為一篇篇故事，打動萬千讀者。*Permission of the Truman Capote Trust/Truman Capote papers, The New York Public Library*

　　我本來無意寫這篇文章，但看完電影《卡波提》後，不知怎麼的，我卻著魔似地從書店、圖書館又買又借了幾十部與卡波提相關的書籍和影片，有時甚至央求熟識的書商到他們的地下書庫翻出五、六十年前的老雜誌供我參考，讓他們很抓狂！有幾個月的時間我只對楚門‧卡波提的世界感興趣。最大的喜悅與感傷還是來自於閱讀他的作品與專訪。看過諸多資料，我依然不是很清楚這個人的一些想法和背景，諸多的含混與矛盾，但誰又不是如此呢？我所勾勒出的楚門‧卡波提，是一個在生活和創作上，過度渴望獲得認同與愛的男孩，他曾經擁有過，也失去過；他一心想成為駕馭文字和媒體的作家兼明星，他成功過，也失敗過。塵歸塵、土歸土，明星作家已作古，唯有作品長存。

　　身為一個讀者，我感謝他留下不少精彩的文學與生活八卦，帶給人們娛樂與論辯；身為一位晚生作家，我想以此文引發讀者對這位八卦教主的興趣。「所有的文學都是八卦，從傳記、到散文、到小說、到短篇故事，全都是八卦。」卡波提如是說，想來此篇文章也是八卦。🦋

初稿刊登於 2006 年 2 月 27 日～3 月 1 日

卡波提是一位厲害的採訪者。他一再表示,為了能讓受訪者撤除心防、侃侃而談,他採訪時絕對不使用干擾人的筆記本、錄音機,也因此他才可能在堪薩斯州進行諸多訪談,寫出《冷血》這本書。影片《卡波提》裡清楚描繪出他如此奇特的採訪方式,並說他能記下百分之九十四的對話內容(他對某雜誌甚至誇說百分之九十七,有時又說百分之九十五、九十六,被人取笑他的好記憶竟然記不清是多少。)此外,他的採訪高招之一,就是先向受訪者吐露個人心事或祕密,如此對方就會跟著推心置腹;仗著絕佳的記憶力與獨特的採訪技巧,卡波提寫出許多精彩的人物採訪。

刀筆解剖馬龍‧白蘭度

1957 年初馬龍‧白蘭度(Marlon Brando)在日本京都拍攝《櫻花戀》(Sayonara),卡波提為了採訪拍片情況,特別走訪京都,偏偏導演不讓他到現場,也不希望他報導。神祕、重隱私的白蘭度看他大老遠趕來,且因兩人在紐約碰過幾次面,因此禮貌上請他到下榻旅館的房間晚餐,心想隨便就可以把這小子打發掉,誰知這頓飯從七點半拖到次日凌晨近兩點。卡波提事後提到,他回到自己的旅館後,連續十六個小時把白蘭度的談話記錄下來,三個月後再回過來修訂內容。

這篇名為〈公爵在他的領地〉(The Duke in his Domain)的報導刊登於那年 11 月 9 日的《紐約客》,文中除了描述白蘭度漫不經心、自傲又自卑、疏離、陰鬱、善變、頗為戲劇化的性格外,還首度披露母親酗酒對他的影響。原來狡猾的卡波提在晚餐時設下「陷阱」,故意先向白蘭度訴苦,還說自己的母親有酗酒的毛病,白蘭度為了安慰他,竟對他交心起來,包括說自己拍《櫻花戀》不過是為了錢,把賺的錢用在他自己的獨立製片公司,

言詞間還流露出對導演和影片的不屑；文中並生動描述已經受到導演警告要節食的白蘭度，面對食物難以抗拒的好胃口。

白蘭度得知文章刊登後，咆哮大吼：「那混帳王八蛋，把一些我告訴他不能寫的話全都登出來了，老子要宰了他！」卡波提曾說白蘭度事後寫了三頁半的長信臭罵他一頓。據說這篇被喻為對白蘭度進行「活體解剖」的報導，讓白蘭度有近二十年之久不接受深度訪談。此文經常收錄於卡波提的不同選集，也常被轉載，2014 年 7 月白蘭度逝世十周年，《紐約客》再次刊登，是二十世紀最佳的人物採訪報導之一。

攝影收藏家婁薩·徐爾瑪主編的《馬龍·白蘭度：肖像與劇照 1946~1995》（*Marlon Brando: Portraits & Film Stills 1946~1995*），其中劇照來自許多白蘭度主演的知名電影，例如 1951 年的《慾望街車》、1962 年的《飛車黨》、1971 年的《教父》、1972 年的《巴黎的最後探戈》，當然還有 1957 年的《櫻花戀》。白蘭度在京都拍《櫻花戀》期間，接受了卡波提的採訪，酒酣耳熱之際說了許多不該說的話，最後全被卡波提寫出並刊登，此篇採訪報導也成了這本攝影集的導言。

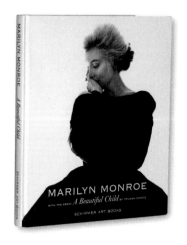

一個漂亮的小孩——瑪麗蓮·夢露

　　另有篇〈一個漂亮的小孩〉（A Beautiful Child），記載 1955 年 4 月 28 日他與瑪麗蓮·夢露會面的對話，更是人物特寫的經典。通篇文章不僅把夢露天真率直、缺凡自信、情緒化、無厘頭、有點傻大姐的氣息表露無遺，而且顯出卡波提機伶、滑頭、風趣的一面。兩人像姊妹淘似的聊些八卦（卡波提的同性戀身分，使他易於和女性結為密友），從影劇圈到性生活、從前夫喬·狄馬吉歐（Joe DiMaggio；知名的棒球明星）到當時的男友亞瑟·米勒（Arthur Miller；劇作家，後與夢露結婚又離婚），我是從頭笑到尾讀完這篇具喜感的報導，我幾乎可以看到夢露時而咯咯咯發笑、時而蹙眉咬指甲的景象，她發出的一些口頭禪"fuck you"、"Oh gush"、"you bastard"，讓我覺得這些字眼竟然可以如此的性感好聽，也難怪卡波提要說她是「一個漂亮的小孩」。

　　可疑的是，這篇稿子寫於 1979 年，事隔四分之一世紀，卡波提居然能如此清楚地記下這些對話（別忘了他聲稱從不用筆記本和錄音機），即便他有超強的記憶力，我不禁懷疑真實性有幾分？加油添醋的成分又有多少？畢竟他的誇張是出了名。但無論如何，你得佩服他的人物採訪報導生動又有趣，他的文字比起一般影像更能逼真刻劃出人格特質，因此當我看到婁薩·徐爾瑪（Lothar Schirmer）在 1995、2001 年主編出版白蘭度和夢露的兩本攝影集，都選用卡波提早年所寫的報導作為導言時，一點也不訝異。

　　除了馬龍·白蘭度和瑪麗蓮·夢露之外，卡波提還採訪或側寫過許多

卡波提 1979 年寫了篇懷念瑪麗蓮‧夢露的文章〈一個漂亮的小孩〉，記述 1955 年 4 月 28 日那天兩人在紐約市間扯閒逛的情景，這篇已成了名人側寫的經典代表作，婁薩‧徐爾瑪主編的幾本夢露攝影集 (左頁圖) 都以此文當導言，有一本甚至將篇名當成書的副標題。這對文壇與影壇的明星令更多人印象深刻的，是同年 3 月 28 日在當時紐約市最有名的夜總會「摩洛哥俱樂部」（El Morocco Club）跳舞的合照，影像中矮小的卡波提（身高 160 公分）「高攀」豔光四射的夢露，神情看似吃力，甚至有些狼狽；夢露其實不算高，但 166 公分配上高跟鞋，和卡波提產生極大反差，此張趣味十足的照片不僅廣為流傳，還上了些雜誌的封面，徐爾瑪主編的夢露攝影集當然也收錄了。

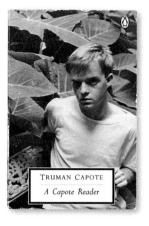

1987 年出（初）版的卡波提文選集《卡波提讀者》(左)，頁數達七百二十頁，內含不少卡波提的短篇故事與小說、散文、旅行見聞、報導紀實。如果可能，我通常購買、閱讀書籍的首版，但我不喜歡《卡波提讀者》首版的封面設計，手邊有的是 1993 年英國企鵝出版社出的平裝本二手書（中），好處之一是重量輕，易於旅行時攜帶，封面又是卡波提二十出頭時清純樣貌的照片，由攝影大師布列松所拍，賞心悅目。你或許會問，七百二十頁那麼厚，為何不買電子書算了，但我這冊第一頁可是蓋有法國莎士比亞書店的印章（右），每當翻閱這冊書時，就想起我在第一本著作《書店風景》介紹的第一個篇章就是莎士比亞書店，喜愛的書來自喜愛的書店，讀起來的感覺就是不同。

名人，例如影星卓別林、伊莉莎白・泰勒、歌星路易士・阿姆斯壯、藝術家畢卡索、杜象、服裝設計師可可・香奈兒、攝影師塞索・畢頓、理查・艾維當、作家毛姆、柯萊特（Colette；法國女作家）、安德烈・紀德、田納西・威廉斯、伊莎克・丹妮森（Isak Dinesen；丹麥女作家，著有《遠離非洲》、《芭比的盛宴》）等，這些文章先後出現在不同的雜誌與書中，1987 年出版社將它們集中收錄於《卡波提讀者》（A Capote Reader），這本頁數多達七百二十頁的選集，還包含了不少卡波提的短篇故事與小說、散文、旅行見聞、報導紀實，我自己旅行時經常喜歡帶著這書的平裝本，隨著心情與時間長短，翻閱不同文類。2007 年時，出版社又出了本卡波提的選集《肖像與觀察》（Portraits and Observations），內容只是將《卡波提讀者》中的短篇故事與小說剔除，但加上一篇全新的文章〈追憶薇拉・凱樂〉（Remembering Willa Cather），有關這篇文章，請參閱本書下一個篇章。

　　卡波提也是一個厲害的受訪者。由於他非常了解採訪者要什麼，所以知道如何餵養、主導記者，再加上他又特會說，因此看他接受記者訪問是一大享受，就像在欣賞一場脫口秀，絕無冷場，不少訪談錄都結集成冊，例如勞倫斯・葛洛博（Lawrence Grobel）數度採訪他的文集《訪談卡波提》

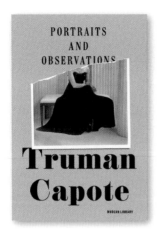

2007 年出版的另一本卡波提選集《肖像與觀察》，書中篇章敘述他所接觸的人事地物，全數都在他生前發布，但最後一篇〈追憶薇拉·凱樂〉是例外，這是他死前一天所寫，2006 年才對外發表，次年收入此書中。

（*Conversations with Capote*），訪談時間在卡波提生命結束前兩年，於卡波提去世後一年（1985）出版；本篇主文開頭，提到所有文學都是八卦的引言就是出自此文集；書中還提到他曾「銷毀」一本小說的手稿，根據他敍述的故事大要，其實就是他去世三十餘年後浮現的《夏日走過》。

另外還有一本密西西比大學出版社 1987 年編輯出版的《楚門·卡波提會話錄》（*Conversations*），全書收錄了諸多媒體對他的訪談稿，有篇〈自畫像〉（Self-Portrait）則是卡波提自問自答的幽默短文，例如最怕什麼？如果不當作家，想當什麼？會不會烹飪？是否運動？最富希望的字眼是什麼？最危險的字眼又是什麼？是否曾想過殺人？一些回答非常具娛樂效果，為了不破壞讀者的想像力，我還是在此打住。

卡波提曾表示自己最愛聊天，如果要他在「說」與「寫」兩者間擇其一，他真不知該如何取捨才好。正如傑出的音樂家能把一個個音符譜出動人的樂章，卡波提自負地說道：「我向來知道自己有本事把一堆文字朝空中抛上去，而它們都會恰到好處地落下來，我是語意的帕格尼尼。」不論是書寫或口說，他確實能把文字玩得很漂亮！

對卡波提的生平感興趣者，絕對不可錯過傑洛德·克拉克寫的傳記《卡波提傳》。卡波提不僅提供資料給克拉克並與他長時間訪談，而且不干涉他寫的內容，還要朋友們對克拉克的採訪暢所欲言、毫不保留，也因此這本六百多頁的長篇傳記極為傳神，卡波提的風光事蹟與不堪過往都娓娓道來，顯示了他明亮與陰暗的多樣性，不像許多傳主授權撰寫的傳記，往往隱惡揚善、過於美化，令人覺得隔靴搔癢或不真實。

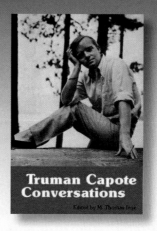

讀讀《訪談卡波提》（左）與《楚門‧卡波提：會話錄》（右）這兩本採訪集，就能見識卡波提是一位多麼有趣的受訪者。據我所知，目前沒有中文譯本，有興趣者還是找英文本來讀吧！

2004 年出版的《享受太短暫：卡波提書信集》（*Too Brief a Treat: The Letters of Truman Capote*），收錄了卡波提寫給親友的四百多封信，也是由克拉克編輯並撰寫導言，第一封信是卡波提青少年時期約十二歲（1936 年）時寫給生父亞奇‧珀森斯的信，他在信中以成年人的口吻對父親說，他的姓氏已改為「卡波提」（繼父的姓），希望生父能尊重他並以此稱呼，因為大家都這麼叫他；最後一封是 1982 年 2 月 25 日由紐約發給在瑞士過冬的同性伴侶傑克‧唐費的十二個字簡短電報 "miss you need you cable when can i expect you Love Truman"，書信年代橫跨四十餘載，活脫就是一部口述自傳。

書信集的英文書名 "Too Brief a Treat" 取得漂亮，可惜中文難翻譯，這句話來自卡波提 1949 年 5 月 6 日由義大利拿坡里寫給紐約編輯羅伯特‧林斯考特（Robert Linscott）的信，第一句就是 "Your letter was too brief a treat"，整段大意如下：

> 讀你的信是一種享受，就是太短了，但享受都一樣。每天令我興奮之事，就是郵差到來，每當他給我帶來點什麼時，是多麼開心啊！因此，就算你沒時間寫信，寄多點舊的報刊雜誌給我也好。

有別於他句句斟酌、細細打磨出的正式創作，卡波提給親友寫的信，

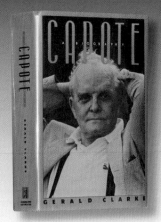
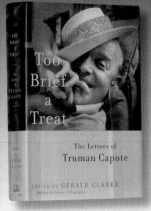
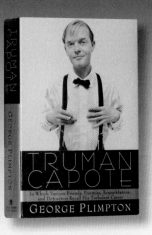

圖中所見為三本書的封面，由左至右為傑洛德‧克拉克寫的傳記《卡波提傳》、克拉克編輯的《享受太短暫：卡波提書信集》、喬治‧普林普騰採訪整理的口述歷史《卡波提：各類朋友、敵人、舊識、貶抑者回憶他的動盪生涯》。

一如克拉克在導言中所指出，就像和對方說話般，不拘束、無禁忌、不客套，充分流露率真與隨興，信中釋放的能量令人讀了欲罷不能。

1997 年出版的另一本值得一提的傳記《卡波提：各類朋友、敵人、舊識、貶抑者回憶他的動盪生涯》（*Truman Capote: In Which Various Friends, Enemies, Acquaintances, and Detractors Recall His Turbulent Career*），以訪談錄形式原文記載受訪者的口述內容，作者喬治‧普林普騰（George Plimpton）訪談了諸多名人，喜歡聽文人八卦的讀者，絕對不能錯過這本書。

卡波提的不少著作與書信集近年來都出了中譯本，但想完全感受這位文字精靈的魅力，最好還是讀讀原文，他的文筆簡潔優雅，不走繁複華麗路線，英文程度普通者也可欣賞他文字的優美。記得有回在 YouTube 看到他 1980 年上迪克‧凱維特秀（The Dick Cavett Show），脫口秀主持人凱維特恭維他的書非常易讀，卡波提回道：「我是用我的耳朵寫作。」（"I write with my ears."）表示他寫作特別重視音感與節奏、讀起來是否悅耳引人，每回閱讀他的作品，確實有此流暢的感覺。🐾

初稿（頁154～156）刊登於 2006 年 2 月 28 日

收藏楚門・卡波提

Collecting Truman Capote

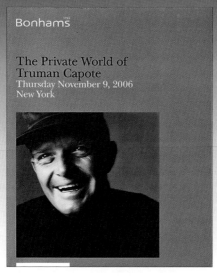

《楚門‧卡波提私人天地》拍賣會目錄製作精美，封面的卡波提微笑近身照由攝影名家理查‧艾維當（Richard Avedon）掌鏡，這張照片背後有艾維當的簽名，也在拍賣之列，成交價近四千美元。*Courtesy of Bonhams, NY*

1984 年 8 月 23 日，因磕藥、酗酒過度而進出勒戒醫療所無數次的作家楚門‧卡波提，雖然身體狀況差到極點，但還是堅持由紐約飛抵洛杉磯，住進多年密友瓊安‧卡森（Joanne Carson）的家。第二天早上，兩人討論著如何慶祝彼此即將到臨的生日。卡波提問瓊安想要什麼樣的生日禮物，瓊安回說：「楚門，我只希望你寫作，只要你寫作，我就很開心。」元氣稍稍恢復的卡波提答應特別為瓊安寫一篇文章，他於是拿出紙，在筆記本上寫了一整天，結果完成了十四頁，篇名為〈追憶薇拉‧凱樂〉（Remembering Willa Cather），內容敘述他年輕時與崇拜的女作家薇拉‧凱樂初次會面的故事，這篇稿子也成了他最後的手稿。再隔一天（25 日），卡波提於瓊安家中去世，法醫研判可能是靜脈炎與多種藥物混用中毒所致。

〈追憶薇拉‧凱樂〉在 2006 年 11 月號的雜誌《浮華世界》（*Vanity Fair*）首度公開發表，手稿也出現在同年 11 月 9 日紐約市的一場拍賣會。這場名之為「楚門‧卡波提私密世界」（The Private World of Truman Capote）的拍賣會，由紐約市「邦翰斯」（Bonhams）舉辦，其中的三百多項卡波提生前擁有的物件，包括藏書、信扎、照片、家具、服飾等，全數來自瓊安‧卡森的收藏。

2006 年初寫完長篇文章〈八卦作家楚門‧卡波提〉之後，卡波提似乎無

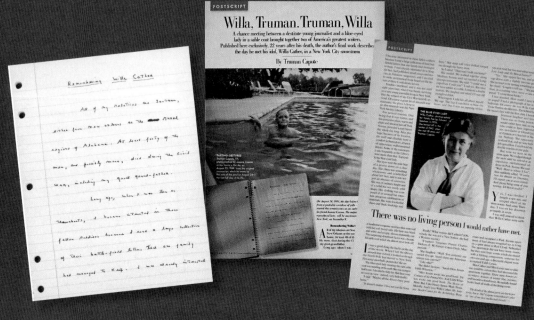

卡波提臨死前，在瓊安·卡森家中寫下的最後一篇紀實短文〈追憶薇拉·凱樂〉，描述他年輕時在紐約市巧遇心儀的女作家薇拉·凱樂的過往。此文先在 2006 年 11 月號的雜誌《浮華世界》刊登，之後收錄於許多他的選集。有意思的是，這期《浮華世界》還刊登一篇〈在費里尼的羅馬〉（In Fellini's Roma），是另一位作家戈爾·維達爾（Gore Vidal）描寫他與義大利導演費里尼（Federico Fellini）長達三十五年的情誼，維達爾於 1950 年代在羅馬寫電影《賓漢》（Ben-Hur）劇本時，認識了費里尼。維達爾比卡波提小一歲，兩人都是很早出櫃的同性戀，年輕時都很俊俏，約同時在文壇出道、成名，也一直處於競爭狀態，年少時一度是玩在一起的哥兒們，但之後交惡，後來還因故鬧上法庭。這兩個死對頭竟在同期雜誌以相同文體出現，維達爾當時還健在，想必看了不是滋味，雖然他的篇幅占了三頁，卡波提僅兩頁，但封面的重點宣傳只標示〈追憶薇拉·凱樂〉。收藏卡波提，這期雜誌必得有！當然，如果你還喜歡喬治·克隆尼，那就更棒了！因為雜誌的封面與主題專訪人物都是他。

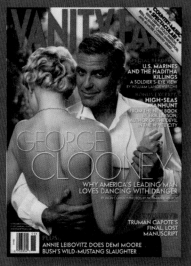

楚門‧卡波提與瓊安‧卡森合影於 1982 年加州棕櫚泉，兩人
是彼此的玩伴兼保護者。*Courtesy of Joanne Carson/Bonhams, NY*

聲無息地跟著我；除了三不五時在舊書店與他幾十年前的首版作品相遇、翻
到採訪他的老雜誌外，我還在市面上看到一本新書《世紀派對》（*Party of the
Century*），內容回顧卡波提在 1966 年紐約市廣場旅館（The Plaza Hotel）所
舉辦的一場聚集各業菁英、國際名流的黑白舞會；同年底又趕上美國院線放
映的《聲名狼藉》（*Infamous*），這是繼 2005 年影片《卡波提》（*Capote*）後，
推出的第二部以卡波提為題材的傳記電影。

　　拍賣會前，我早已透過他的作品、傳記、紀錄片、兩部以他為題材的傳
記電影和諸多老雜誌的報導，對他產生相當的興趣。這些接觸固然加深了我
對卡波提的了解，但看了邦翰斯公司為其拍賣會所製作的目錄後，我腦海中
才浮現出最立體、最生動的卡波提形象，特別是我有幸與瓊安‧卡森三度訪談，
更讓我對拍賣物件的歷史有深入的了解，同時也獲知一段美好的情誼。

不離不棄的情誼

　　瓊安‧卡森與卡波提相識於 1966 年蘭登書屋發行人班奈特‧瑟弗家中的
一場晚宴。那時卡波提剛出版轟動一時的名著《冷血》，是文壇耀眼的明星，
而瓊安則是美國電視脫口秀名主持人強尼‧卡森（Johnny Carson）的第二任
妻子，兩人一見面就投緣，主要是他們有著同樣寂寞的童年，不僅都是家中
唯一的孩子，幼時父母還曾棄他們不顧，再加上他們當時正巧住在紐約市同

2005 年平裝版的楚門．卡波提故事合集，封面選用了一張他頭戴彩色軟呢帽、身著水藍色套頭衫和鮮紅色長褲的照片。卡波提顯然很喜歡那頂帽子，他在許多場合都戴著它，邦漢斯的拍賣會就出現了這頂帽子，成交價竟然不到三百美元，很後悔當時沒下標，對於喜歡帽子又喜歡卡波提的我，真是有些可惜。拍賣會也出現了那件藍色套頭衫搭配紅褲子 (後者非照片中那條)，有人花了兩百三十六元買下。*Courtesy of Bonhams, NY*

一棟大廈，因此拉進了彼此的距離。身為喜歡一切美好事物又愛出點子的男同性戀，卡波提很容易就和一些女性結為好友，包括對她們口紅的顏色、家居的擺設、閱讀的書籍、甚至與丈夫的相處都提出意見，兩人的友誼於瓊安與強尼．卡森婚姻結束之後更為深厚。離異後的瓊安在 1970 年代初期搬到了洛杉磯，按說至少有些好萊塢的影視界朋友會上門，但現實的社交圈為了靠攏權力核心（前夫強尼．卡森），鮮有人和她聯絡，卡波提是少數對她不離不棄者，而他的忠誠也在日後得到回報。

　　1975 年卡波提在《君子》（*Esquire*）雜誌發表了《應許的祈禱》（*Answered Prayers*；卡波提預告多年要寫的代表作）的一個篇章〈1965 年巴斯克海岸〉（La Cote Basque, 1965），內含不少流傳在歐美上流社會的醜聞與八卦，文中有些角色讓人很容易聯想起他所熟識的權貴名流，那些自認被影射的主角因而憤怒地將卡波提列為拒絕往來戶，連帶也引發社交圈排擠他。這時輪到

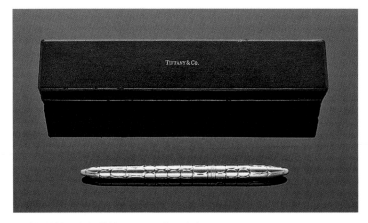

卡波提的第凡內銀筆以一千一百美元賣出。*Courtesy of Bonhams, NY*

瓊安伸出援手，她甚至在家裡為卡波提保留了一間私人臥房，任他自由來去。卡波提身心疲累時，經常就到瓊安家休養，把那兒當成了他另外的一個家。拍賣目錄中有許多瓊安為卡波提拍的居家照，他時而橫躺在沙發小睡、時而在廚房中抱著小狗溫存、時而穿著泳褲在游泳池畔戲水、時而帶著草帽在後院擺 pose 耍酷。雖然卡波提曾公開表示，他討厭洛杉磯，且嘲諷住在加州的人，每年智商都會下降一分，但看得出他在瓊安家顯得很快樂，更諷刺的是，他一度在加州的度假城棕櫚泉（Palm Springs）置產。

追蹤卡波提的過往

卡波提的個性、喜好與品味，在製作精美、掌故豐富的拍賣目錄裡表露無遺。眼鏡、帽子、圍巾一直是卡波提的註冊商標，目錄裡少不了。對穿著講究的他，西裝多半是由英國老字號登喜路（Dunhill）的紐約分店製作，連他 1966 年那場黑與白舞會穿的晚禮服也不例外。至於他的休閒衣褲，則色彩繽紛，從蘋果綠到深紫到桃紅，顯示出他花里花稍的一面。

目錄裡許多餐具、器皿多半出自巴卡萊特（Baccarat），瓊安表示卡波提相當愛好宴客，且對這個以水晶製品聞名的法國名牌頗為傾心。至於因他的小說《第凡內早餐》（*Breakfast at Tiffany's*）而名垂不朽的第凡內，也在他的收藏之列，其中一枝第凡內銀筆以一千一百美元賣出。拍賣目錄裡還看得到帶有蝴蝶、猴子、狗、貓、魚等動物圖像的諸多抱枕與擺飾，瓊安說她與卡波提另一個共通處是他們都熱愛小動物，因此她預計把這次拍賣會的多數所得

這個盒子上的文字與圖像是由卡波提親手拼貼出來的，取名為「艾蜜莉的蛇咬急救箱」，賣價高達 10,755 美元，卡波提生前做了不少類似的拼貼盒。*Courtesy of Bonhams, NY*

捐給與寵物相關的慈善機構。

除了寫作外，卡波提也展露其他的藝術天分。目錄裡極為惹眼的是由他拼貼的幾個長方形盒子，這些盒子原是藥房賣的一般蛇咬急救箱，他在盒子上拼貼了一些文字與圖像，最後再把盒子放在一個特製的透明壓克力箱子內。據稱卡波提小時曾被蛇咬傷，對蛇心懷畏懼，這些蛇咬急救箱拼貼盒或可視為護身符般的吉祥物，因為他認為戰勝恐懼的方式就是面對它。

編號 1062 的拼貼盒的一側有他手寫的「艾蜜莉的蛇咬急救箱」（Emily's Snakebite Kit），另一個側面則貼了一首印刷的詩頁並有他的複製簽名字樣，盒子正上方貼了張他所喜愛的美國十九世紀女詩人艾蜜莉·狄肯森（Emily Dickinson）的照片，配上一條青蛇與一隻蜜蜂的圖樣，這個拼貼盒拍賣的成交金額（含佣金）超過一萬美元，比他個人的簽名書還貴。瓊安說卡波提不時會拿著一把剪刀，從她的藏書中喀嚓、喀嚓裁下圖片，作為他拼貼盒子的素材，但她毫不介意如此的毀書舉動，若非真心溺愛一個人，是不可能如此寬容的。

卡波提喜愛與社會名流打交道，他又與好萊塢的關係密切，他有些作品被改編成電影與電視劇，自己還曾擔綱演過一部電影，也因此拍賣會的藏書有許多是名人與明星的傳記，包括一些含有傳主題辭的贈書，這些都成為一些藏書家競標的對象。

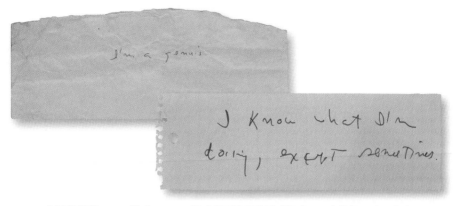

卡波提總把 genius 拼成 genuis，天才卻不能正確拼「天才」，真的很天才！有人
花了兩千多美元買下這張小紙片。另一張小紙條也以相同價格賣出，上面寫著：
「我知道我在做什麼，除了有些時候。」 *Courtesy of Bonhams, NY*

張愛玲與卡波提的異同

　　我還從目錄中發現卡波提有在書籍、舊信封、廢棄紙頁上塗鴉，以及註記、
寫備忘錄的習慣，例如他在一本小說的內頁空白處列了他要宴客的名單，影星
伊麗莎白·泰勒、舞蹈家瑪莎·葛蘭姆、服裝設計師卡文·克萊、作家諾曼·
梅勒、藝術家安迪·沃荷等人都在名單之列，這本書以一千美元賣出。記得看
過有關張愛玲遺物的報導，她也有類似在廢棄紙頁上寫稿的習慣，好在這兩人
都不是活在電腦風行的世代，否則我們今天大概也很難看到這些手稿了。

　　真正有意思的是一張泛黃皺摺的小紙片，上有卡波提所寫的"I'm a genius"
(「我是天才」)，單單這三個英文字就賣了一千七百美元，若連稅和手續費加
上，一個字平均約七百美元，如此高價自然有其道理。讀過卡波提傳記與書
信集的讀者，一定曉得他在拼 genius 這個字時，總是把 i 與 u 的順序對調，
寫成 genuis。此外，他在一篇文章裡曾玩笑似地提到：「我尚未成一個聖人。
我是個酗酒者、我是個嗑藥者、我是個同性戀、我是個天才。當然，我有可
能是這四者的組合，卻同時是個聖人，但我還不是個聖人。」其中酗酒者、
嗑藥者、同性戀、天才這一段，老是被媒體拿來誇張宣傳。在卡波提死後
幾年，他長達三十六年的愛人同志傑克·唐費 (Jack Dunphy) 出版了一本紀
念他的小說，書名則是《親愛的天才》(*Dear Genius*)。基於這些「天才」因素，
應可理解為何有人要搶標這張不起眼的小紙片。

　　寫此文時，我突然想起了女作家張愛玲 (1920~1995) 曾經在《對照記》
中提起「佛洛依德似的錯誤」(Freudian slip)。張愛玲身高五呎六吋半，比一

這是一張卡波提自製明信片的正面，上有他的自畫像，看得出他還挺有繪畫天分。*Courtesy of Bonhams, NY*

般東方女性高，而她人又瘦，所以更顯高。有一年她入境檀香山時，瘦小的檢查員在她的表格上誤寫「身高六呎六吋半」，她以為這是檢查員看到她觸目驚心的感受，所以才有此「佛洛依德似的錯誤」。按照佛洛依德的理論，沒有真正的筆誤或口誤，這些所謂的「錯誤」其實是反應寫者或說者的潛意識。

若依上述分析，不禁讓人推想卡波提拼 genius 這個字有困難，是否隱含他潛意識裡覺得背負「天才」這個頭銜太沉重？卡波提八歲開始寫作、二十出頭就成名，許多人都視他為天才，但他在生前出版的最後一本書《給變色龍的音樂》（*Music for Chameleon*）的自序裡，描述他寫作歷程的樂與苦，一開頭就提到：「當上帝賦予你天賦時，同時也賜給了你鞭子，讓你自我鞭策。」結語時他表示自己依然孤獨地處在黑暗的狂亂中，手持著上帝給他的鞭子。走筆至此，張愛玲又閃入我的腦中。她與卡波提一樣，對早慧的天分頗為自傲，但對創作卻同樣步步為營、同樣有根鞭子抽打著自己、也同樣「甘心情願守在『文字獄』裡」，這可以從她的兩篇文章〈論寫作〉與〈天才夢〉中看出。

無論是性格或文風，卡波提與張愛玲畢竟是類型迴異的作家，但他們都同具明星特質，熱愛他們作品的讀者，也免不了對兩人產生好奇，企圖從各種管道去認識他們，不論是生前或死後；傳記文學與影片也跟著推波助瀾，從不同媒介去解讀他們、為他們的傳奇更添色彩。有些簡直到了走火入魔的境地，例如有位張迷曾搬到張愛玲的隔鄰，不時把耳朵貼在牆上聽她的動靜，還偷偷撿了幾袋她丟棄的垃圾，打開來詳加研究，並為文報導。雖說此位張

這個針織抱枕上的圖案，是以楚門‧卡波提的頭像為藍本，
拍賣成交價為三百五十八美元。*Courtesy of Bonhams, NY*

迷的過火舉止引來諸多批評，主流媒體並拒登此篇報導，但文章發表後還是
廣為流傳，多數人讀得津津有味；遇上喜愛的作家，讀者的好奇心與偷窺狂
似乎是很難壓抑的。因此當張愛玲的遺物公諸於世時，不免引起一陣騷動，
讀者終於能光明正大對這些私密物件仔細打量，即使朦朧美的面紗被扯破也
在所不惜。Wow，原來張愛玲最後那張公開照上的濃密頭髮是假髮！Oh，
原來她用的是廉價的蔻蒂蜜粉、中價位的伊麗莎白‧雅頓口紅！

收藏卡波提的方式

　　卡波提與極端注重隱私的張愛玲恰恰成了強烈對比，他習於鎂光燈的聚焦，
經常公開演講、上電視脫口秀、他那紐約的住家不時成為裝潢雜誌報導的對象，
一如瓊安所言，他是個 people's person（樂於與人打交道者），他或許不如張
愛玲來得神祕，但讀者對他的遺物依然反應熱烈。哪位書迷不想標下那本有著
他照片與出入境資料的護照？哪位書迷不想擁有一張他親筆寫的明信片？或
是一冊蓋著他私人印鑑的藏書？要不然，能買到那雙繡有他姓名縮寫的黑色天
鵝絨休閒鞋也很棒！邦漢斯公司最終售出近百分之八十五的拍賣物件，總值約
二十五萬美元。瓊安在一次電話訪談中對我表示，她已經七十五歲了，來日不多，
因此決定要在臨走前親自替卡波提的遺物找到託管人。

　　雖然我對卡波提拍賣會的內容極感興趣，也收藏了一冊拍賣目錄，但並

拍賣會中出現了一只華麗不俗的戒指，十八 K 金底座，中央是一個菱形的黃鑽，重 7.05 克拉，外圍環繞著十八顆白鑽，再外一層是祖母綠寶石。這只戒指是卡森離婚後卡波提送給她的禮物，象徵著他們堅固美好的情誼，最後成交價為 16,730 美元。*Courtesy of Bonhams, NY*

未加入競標的行列。對我而言，收藏卡波提的最好方式莫過多讀幾回他的作品、訪談錄，還有就是收藏與他相關的故事。例如瓊安感性地對我說，她最懷念的就是與卡波提動手做風箏，然後到海灘去玩放，當風箏飛得高高後，就把線剪斷，任其飛揚，一如小孩放手讓氣球自由飄浮般。她說他們兩人都有童稚之心，是彼此的最佳玩伴。我喜歡這個版本的卡波提，他一如我讀《聖誕節回憶》（*A Christmas Memory*）時所認識的卡波提，那個純真、感傷的小男孩 Buddy（他兒時的小名），書中最後提到他與摯愛的六十多歲老遠親素可互換自己親手做的風箏當聖誕禮物，之後帶著小狗昆妮（Queenie）到原野上放風箏，那也是他倆在一起的最後一個聖誕節。

另一則故事則讓我發笑。瓊安說卡波提生前曾表示希望死後骨灰能分成兩份，分放在紐約與洛杉磯，以便他能瀕臨大西洋與太平洋兩岸。喪禮過後，瓊安把骨灰暫放家中，結果不知是因為骨灰盒太像珠寶盒或有人惡作劇，竟然在那年的萬聖夜派對中遭竊，還好偷兒一星期後把骨灰盒歸還。瓊安後來將卡波提的骨灰安放在西塢村墓園（Westwood Village Memorial Park），與已逝去的美女明星瑪麗蓮·夢露、娜坦麗·華（Natalie Wood）作伴，如他生前所囑。這個故事非常符合卡波提在世時愛搞笑、不按牌理出牌、熱衷與名流為伍的誇張形象。

幾乎所有認識卡波提的朋友都相信，如果他天上有知，肯定會為自己在死後多年還成為各方討論與收藏的焦點而樂不可支。我想張愛玲大概也不介

卡波提身穿此套禮服出席他 1966 年策劃的世紀派對——黑與白舞會。*Courtesy of Bonhams, NY*

三張卡波提的塗鴉。第一張是蠟筆與原子筆畫的彩色風景畫，其他兩張是用原子筆在印有字樣的紙片上隨手畫的卡通造型人物，三張塗鴉拍賣價共為 1,135 美元。*Courtesy of Bonhams, NY*

這雙黑色天鵝絨休閒鞋上所繡的紅色字母 TC，是楚門‧卡波提姓名的縮寫，卡波提常穿此鞋跳舞。*Courtesy of Bonhams, NY*

卡波提兒時的照片，手工上色，拍賣成交價 1,673 美元。照片中的他約兩三歲，身著海軍服，臉上帶著頑皮的笑容。*Courtesy of Bonhams, NY*

卡波提的護照預估拍賣一千至一千五百美元，最後以三千美元成交。*Courtesy of Bonhams, NY*

楚門‧卡波提已去世多年，但他的作品依然盤據書店的架上。

意她身後遺物被公開，否則她應該會在遺囑裡要求銷毀所有遺物，而不會把它們交給宋淇夫婦了；況且她不是在散文〈公寓生活記趣〉裡這麼說嗎：「人類天生的是愛管閒事。為什麼我們不向彼此的私生活裡偷偷的看一眼呢，既然被看者沒有多大的損失而看的人顯然得到了片刻的愉悅？凡是牽涉到快樂的授受上，就犯不著斤斤計較了。」人都已作古，自然也沒啥可計較，我們這些不如卡波提高調、不及張愛玲低調，且想像力又貧乏的讀者，也樂於從他們的作品、遺物和故事中，得到片刻歡愉。

會從卡波提寫到張愛玲，起因於無意間發現這兩個同年代的人在洛杉磯先後去世的地方是如此接近，近到只有三公里，且兩人在證件上的生日竟是同一天（9 月 30 日）、都喜歡電影、都編過劇、都喜歡看犯罪故事、都很愛美、都對政治不感興趣；這些巧合，讓我不禁把這兩位看似南轅北轍的作家拿來作比較。❦

初稿刊登於 2006 年 12 月 11 日

讀書
筆記

　我不時會翻閱邦翰斯公司 2006 年這冊拍賣目錄，每次都會有不同的感觸。我發現卡波提用的登喜路 K 金打火機和父親生前使用的竟是同一個款式；另一個我很喜歡的物件，拍品編號 1234，是看來有點土氣的毛線毯，那條色彩繽紛的毯子是他嬰兒時期遠親素可親手替他織的，半世紀來不論去哪，他都會帶著這條毯子。記得曾經在一篇訪談或散文中讀到，他說自己經常旅行，但每到一個地方落腳，很快就能進入狀況，因為他總會隨身攜帶幾樣體己的物件，其中一件我印象特別深刻，就是拍賣會中那條素可替他織打的嬰兒毯，他說只要把毯子往椅子上一攤、其他東西擺上桌，立刻就有家的氛圍。

　受到卡波提的啟發，我旅行時總會挑選一些自己鍾愛的輕軟物件帶出門，像是收藏的陳年情人卡、一張兒時的全家福照片、五六百年前的一葉羊皮手抄稿、傑克．倫敦的狼頭藏書票、一張有西方花體字專家寫著我英文名字的書籤，或是一隻跟我多年、毛色有點髒的填充小熊 Binky 等，每到異地確實多少產生些療效。

臨終前蓋的毛線毯，回家了

　在與瓊安．卡森的訪談中，她提到卡波提臨終前身蓋的這條毛線毯，神智不清之際喊冷，還說自己是 Buddy，那是兒時素可為他取的小名；這條毯子名副其實是帶給卡波提心靈慰藉的「安全毯」（security blanket），拍賣的成交價 3,286 美元並不是特別高，我頗好奇是誰買下它，基於隱私條款，拍賣公司自然不會透露此訊息。但在日後的研究過程中，我偶然在蒙洛郡博物館（Monroe County Museum）的網站發現，這條毯子現在是此館的收藏亮點之一；無論是博物館得自拍賣會，又或是善心人士日後捐贈，

卡波提臨終前身蓋的毛線毯，是他在阿拉巴馬州蒙洛郡的摯愛遠親素可親手替他織的嬰兒毯，日後卡波提不論人到哪，總是帶著它，成了名副其實的「安全毯」；這條毯子現存於蒙洛郡博物館。*Courtesy of Bonhams, NY*

得知這條有歷史、有故事、有溫度的毯子能在主人去世多年後，回歸它的原生處，並公開給大眾參觀，是我們這些卡波提書迷感到欣慰之事。蒙洛郡博物館位於阿拉巴馬州的蒙洛維爾鎮，是卡波提年幼時寄宿親戚之處，亦即他與素可情誼開展的起源地。蒙洛維爾鎮另一位世界知名作家，就是在此出生、成長、去世的哈波·李（Harper Lee）；這兩位作家自小就是玩在一起的鄰居，下個篇章將會談談哈波·李和與卡波提的故事。

在 2006 年 11 月那場邦翰斯公司的拍賣會後十年，洛杉磯朱利恩拍賣公司（Julien's Auctions）於 2016 年 9 月 24 日拍賣了一批瓊安·卡森的物件，原來這些都是瓊安·卡森的最後遺物，無子嗣的瓊安於 2015 年去世，拍賣事宜由她的遺產執行人處理。六十四項拍品含括瓊安生前使用的家具、飾品、收藏的藝術品，以及與前夫強尼·卡森相關的物件，例如他的獎杯、獎章、相片、簽名支票、1963 年除夕夜那集他主持《今夜秀》採訪伍迪·艾倫的電視節目錄播帶，還有甚為私密的物件，例如瓊安的婚戒、結婚時穿的禮服與頭飾，以及兩人的結婚和離婚證書。

這場拍賣會還有四十個拍品是瓊安最後留下的楚門·卡波提相關物件，雖然數量與品質無法和十年前邦翰斯那場相提並論，裡面還有些是當年流標的物件，但我發現朱利恩公司全數以漂亮價格賣出。例如一組四頂破舊的休閒帽和另一組五頂禦寒的毛織帽，當年起拍價各為兩百美元，沒人感興趣，但此次分別以 576、1,024 美元賣出。一雙滑冰用的冰刀鞋附上一本含有卡波提滑冰照片的書《時代的見證者》（*Witness to Our Time*），書名頁上蓋有卡波提的藏書章，這鞋與書的組合，當年起拍價兩百元，沒賣出；朱利恩的成交價為 1,280 美元。另有數十冊各種外語版的卡波提作品譯本，

2016 年 9 月 24 日朱利恩拍賣公司拍賣了一批瓊安·卡森的最後遺物，拍品含括瓊安與前夫強尼·卡森結婚時所穿的禮服與頭飾，以及她的十四 K 金婚戒，戒指內環刻有結婚的日期與夫妻倆的名字。卡波提與卡森夫婦曾是鄰居，住在紐約市同一棟大樓，他不僅常上強尼的脫口秀，還與瓊安結為終生好友，甚至在她的懷中離世。*Courtesy of Julien's Auctions/ Summer Evans*

書扉蓋有卡波提的藏書章，十年前邦翰斯的起拍價為一千美元，也沒賣出；朱利恩把這幾十冊拆成幾組拍賣——八冊《其他聲音、其他房間》、八冊《草豎琴》、十二冊《第凡內早餐》、十七冊《冷血》，結果分別以 750、1,562.5、4,687.5、1,562.5 美元成交。

　　我很喜歡的一件拍品是一張散發魔幻氣息的鋼筆水墨畫，那是卡波提 1951 年出版的小說《草豎琴》（*The Grass Harp*）的卷首插畫原稿，由女藝術家安娜·梅爾森（Anna Mayerson）所繪。從傑洛德·克拉克編輯的那本卡波提書信集中可得知，他因在一份倫敦藝評上看到梅爾森的作品而驚為天人，於是寫信和她連絡，正巧她也喜歡卡波提的書，他接著主動向出版社蘭登書屋爭取，請梅爾森為《草豎琴》作畫。當時卡波提與愛人傑克·唐費旅居義大利西西里島的小鎮塔歐米納 (Taromina)，租賃的處所名為「老泉」（Fontana Vecchia），卡波提有篇同名散文〈老泉〉，寫的就是他居住在此的生活隨筆。梅爾森曾到此旅行，並讀了《草豎琴》的手稿，之後交出了第一次為書作的插畫。1951 年 3、4 月幾次在寫給編輯和發行人的信中，卡波提度盛讚梅爾森是天才（當然他老把「天才」的英文 genius 拼錯成 genuis），對她的插畫滿意極了。值得一提的是，早在 1920 年代，英國作家 D. H. 勞倫斯與妻子就曾在「老泉」住了兩年。此外，《草豎琴》故事中的主角之一多莉（Dolly），就是以卡波提摯愛的遠親素可為藍本；書的扉頁寫著：「給素可·弗克，紀念那深深且真誠的情感。」也許是這些關聯，使得我對《草豎琴》和這張插畫特別有感，看到此畫的成交價僅 768 美元，我覺得太低了，低得有點對不起這段美好的故事，但換個角度想，也許買主財力不豐，卻真心喜愛卡波提的書與梅爾森的畫，且又知道典故，讓這位懂得欣賞者擁有，豈不令人更欣慰！

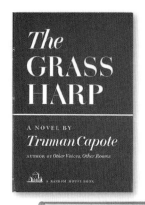

1951 年出版的小說《草豎琴》有著如夢似幻的卷首插畫，那是由作者卡波提推介的女藝術家安娜‧梅爾森（Anna Mayerson）所繪；卡波提對此插畫極為滿意，並曾數度盛讚梅爾森是天才；朱利恩拍賣會中出現了此畫的原稿。*Courtesy of Julien's Auctions/Summer Evans*

什麼都能賣，骨灰也爭搶

　　朱利恩的拍賣目錄中還出現了一些頗為觸目驚心的物件，例如卡波提死前使用過的兩組空藥瓶，上面黏貼的標籤有他的名字、日期與藥的成分說明，這兩組空藥瓶分別以 5,120、4,160 美元成交；一份他的驗屍報告，連同他死時穿的運動衫與游泳褲，以六千四百美元賣出。但引發美國媒體爭相報導的，是拍品編號 517 的一個雕花木盒，裡面裝的是卡波提的骨灰，另外附一個火化場的包裝硬紙箱，上面貼條印有卡波提的姓名、火化地點及時間（1984 年 8 月 28 日）。不少人認為拍賣骨灰對死者不敬，拍賣公司表示他們是經過深思熟慮才有此決定，若非是卡波提，萬萬不會這麼做，由於卡波提向來行事誇張、熱愛媒體關注，他們相信卡波提在天之靈肯定會因此開懷大笑。

　　卡波提長年的同性伴侶傑克‧唐費生前曾駁斥瓊安，說她根本沒有卡波提的骨灰，網路、維基百科的資料都這麼寫著。我後來閱讀喬治‧普林普騰的精彩傳記《卡波提：各類朋友、敵人、舊識、貶抑者回憶他的動盪

朱利恩的拍賣會上一組五頂禦寒的毛織帽與另一組四頂破舊的休閒帽，分別以 1,024、576 美元賣出。一雙滑冰用的冰刀鞋加上一本卡波提的藏書《我們時代的見證者》，內含他年輕時滑冰的照片，書扉還印有他的藏書章，成交價為 1,280 美元。*Courtesy of Julien's Auctions/Summer Evans*

朱利恩的拍賣會中還出現了卡波提晚年的生活照、用過的空藥瓶（標籤上有姓名與藥劑名稱）、紅色的同系列旅行包（多數還繫著航空公司行李條）、蓋有藏書章的不同語言版本著作（下排），以及家中的掛飾——橘紅色的紙漿雕塑鸚鵡，那是墨西哥藝術家瑟吉歐・布斯塔曼提（Sergio Bustamante）的作品。

Courtesy of Julien's Auctions/Summer Evans

世間事無奇不有，但拍賣骨灰應該是絕無僅有。2016 年 9 月 24 日朱利恩公司拍賣了一個雕花木盒，裡面裝的是卡波提的骨灰，同時附上火化場的包裝硬紙箱，上面貼條印有卡波提的姓名、火化地點及時間。*Courtesy of Julien's Auctions/Summer Evans*

生涯》，其中一段瓊安提到，是她拿著卡波提的書面指示給殯儀館，請他們把骨灰分成兩份，以達成卡波提的心願，當初考量唐費過度傷心，沒有立即告知他，因此他一直以為自己擁有卡波提的完整骨灰；據瓊安說，唐費後來得知實情後，氣得不和她聯絡。

千萬不要變得無趣、無趣、無趣

有些人質疑，瓊安擁有的這骨灰盒 1988 年一度失竊，誰知當時偷兒是否將內含的骨灰掉包？還有，那骨灰盒不是後來放在西塢村墓園的壁龕塔位裡嗎？據《洛杉磯時報》報導，1991 年瓊安為了慶祝以卡波提為主題的舞台劇《楚》（Tru；「楚門」的英文縮寫與暱稱）演出成功，她特別把骨灰盒取出，象徵卡波提歡樂出席，不知此盒是否在這場派對之後就一直留在瓊安家中？另外，瓊安死後，她的骨灰也存於西塢村墓園卡波提的壁龕塔位，按說她應該會希望自己的骨灰和卡波提的骨灰並存，到底出售卡波提骨灰是瓊安的遺囑交代或遺產執行人的主意？

這些疑點似乎都不曾釐清，但最後骨灰不僅賣出，而且成交價達四萬三千七百五十美元，比預估底價四千美元要高出十倍，只能說卡波提魅力無邊，使得競標者寧可信其有，不可信其無。世上之事百怪千奇，收藏作家的方式又何嘗不是如此？我想起卡波提經常對瓊安‧卡森說：「你可以變成任何你想要的樣子，但無論如何，千萬不要變得無趣、無趣、無趣！」這句話其實正是他對自己，生前與死後，最佳的寫照。

哈波・李震撼國際文壇

Harper Lee
Princess of Privacy

美國女作家哈波‧李的小說《守望者》塵封了半個多世紀，當此舊作出土並將出版的新聞公開後，引發諸多的揣測與報導。圖中所見為美國版首版的書封影像。

今年初（編按：2015 年），最震撼的國際藝文新聞，莫過於以《殺死一隻仿聲鳥》（*To Kill a Mockingbird*；另譯為《梅岡城故事》）一書成名的美國女作家哈波‧李（Harper Lee），在沉寂半個世紀後，7 月 14 日將於英美同步出版「續集」《去設守望者》（*Go Set a Watchman*；以下簡稱《守望者》），敘述綽號思考特的成年女性珍‧露薏絲‧芬鵪（Jean Louise "Scout" Finch）回鄉探望律師父親阿提克司‧芬鵪（Atticus Finch）的故事。更勁爆的是，新聞稿表示此書才是她完成的第一本著作，因為當初她的編輯看完原稿後，建議她以思考特兒時經歷重寫，也因此才有了《殺死一隻仿聲鳥》一書。以下是哈波‧李的律師 2 月初代表她發布的新聞稿：

　　1950 年代中期，我完成了一本小說《守望者》，內容是關於一位名為思考特的成年女性，當時自認寫得還不錯；但我的編輯被小說裡思考特的童年回憶片段所吸引，說服我從幼年思考特的角度重寫一本。我那時是個新手作家，因此言聽計從。我沒想到這本小說還存在，因此當我得知親愛的朋友與律師彤亞‧卡特發現它之後，既驚又喜。經過多番思考與遲疑，我把小說給少數幾位我信賴的友人看過，很高興他們認為值得出版。經過如此多年，這本小說即將付梓，我感到謙卑與驚異。

2015年2月4日《紐約時報》、《今日美國》都在頭版發布了哈波·李塵封半個多世紀的小說《守望者》將出版的訊息；香港的《亞洲週刊》也在同年2月底那期雜誌登了篇報導。

國寶被占便宜？陰謀論流竄

　　美國的出版社哈波（與作者正好同名）傳出首印量將達兩百萬本，且不會更改原稿。此新聞讓許多讀者與書商處在亢奮中，但不少評論家與媒體都質疑，整個事件的真相到底是什麼？是否有隱情？美國女星米亞·法蘿（Mia Farrow）馬上在推特（Twitter）丟出一句：「我們八十八歲的國寶哈波·李是否被人占了便宜？」短短幾天，一片歡呼中，同時流竄著諸多的「陰謀論」。

　　《殺死一隻仿聲鳥》1960年出版，立刻售罄、不斷再版，次年得了普立茲小說獎，同年底賣了兩百五十萬冊，再過一年改編成電影，老牌演員葛雷哥萊·畢克與初次演戲的女童星雙雙演活了書中公正不阿的律師父親與帶男孩氣的早慧女兒，1963年獲得八項奧斯卡獎提名，最終得了三項大獎，

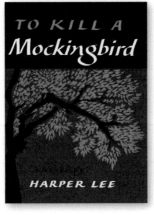

右圖為《殺死一隻仿聲鳥》美
國版初版的書封，左圖為此書
出版五十周年美國出版社推出
的紀念精裝本，書封以紅色牛
皮手工裝幀，並採燙金、壓紋
等工藝，但圖案與初版的相同。
《守望者》美國版初版的封面
字體也明顯仿照《殺》書初版。
*Courtesy of PBA Galleries/Justin
Bettinen (left)*

書與影片皆成經典；三十來歲、首次出書的哈波‧李瞬間成了名人，但生
性低調、不愛宣傳與鎂光燈的她，書籍出版幾年後，謝絕一切公開採訪，即
便接受榮譽博士或國家獎章的頒發，也堅決不發表任何演說。

　　她的寫作生涯似乎跟著停頓，除了早期在雜誌零星發表幾篇非小說的
散文，以及選擇性回覆書迷信件外，不再有其他書出版，許多人揣測《殺》
書無論是口碑與銷量，一開始即達頂峰，哈波‧李覺得無法超越自己，因
此打消出第二本書的念頭。至於她個人私下對外的回答，不外是她受夠了
媒體與讀者的過度關注，無論如何都不想再經歷一次，而且《殺》書已經
把她想說的都說完了，一本書已足。有些報導提到她曾研究 1970 年代關於
一位牧師被控謀殺五位親友而領取保險金的案例，並得到辯護律師提供的
材料，打算寫成小說，書名暫定《牧師》（*The Reverend*），但最終不了了之。
半個多世紀來，眾人早就不期待這位風燭殘年的「一書作家」會再出版，
誰知突然冒出了本《守望者》，而且還不是《牧師》，也難怪引發熱議。

出還是不出？說法莫衷一是

　　懷疑論者指出，4 月 28 日將滿八十九歲的哈波‧李，2007 年底曾中風，
目前人在安養院，腦力與體力都不行，她自己對這項決定與交易到底參與
多少？尤其她是出了名的排斥媒體與嚴苛保護自己形象，怎會允許早年的
習作未經嚴謹編輯就出版？另一巧合、可疑之處，在於哈波‧李的姊姊愛

《殺死一隻仿聲鳥》1962 年改編成同名電影，由葛雷哥萊・畢克主演，
他因此片而奪得奧斯卡金像獎的最佳男主角獎。

麗絲去年（2014）11 月中旬去世，享壽一百零三歲。愛麗絲本身也是一則
傳奇，她比哈波・李大十五歲，很早就承繼他們父親在家鄉阿拉巴馬州蒙
洛維爾鎮的律師事務所，是當地首位女律師，長年擔任哈波・李的律師、
顧問兼代言人，哈波・李成年後雖搬到紐約市，但每年總有好幾個月返鄉，
並與愛麗絲同住，兩姊妹終生未婚且手足情深。《殺》書文前扉頁寫著這
本書是獻給 「李先生與愛麗絲」，李先生就是她倆的父親。精力充沛的愛
麗絲工作到一百歲才正式退休，她的接班人彤亞・卡特（Tonja Carter）也
成了哈波・李的律師。許多人與媒體都懷疑出版《守望者》是卡特或版權
代理人操弄的結果，並非哈波・李的本意。

幾年前鬧得沸沸揚揚的一件事也讓人重提。一位女記者瑪雅・密爾斯
（Marja Mills）因緣際會在 2004 年成了李氏姊妹的隔鄰，在那住了十八個
月，並與她們發展出一段情誼，密爾斯日後將此段經歷寫成書《隔鄰的仿
聲鳥：與哈波・李的日子》（*The Mockingbird Next Door: Life with Harper Lee*），
並宣稱是得到兩姊妹的認可與祝福，2011 年美國企鵝出版社 4 月底宣布買
下此書版權，哈波・李隔日透過律師發新聞稿，聲明她既未參與、也未授
權密爾斯的書寫。愛麗絲同年 5 月 12 日傳了一封道歉信給密爾斯，表示自
己對律師事務所會發出此聲明感到震驚，當她向卡特質問，才得知卡特在

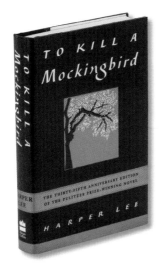

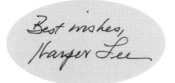

1995 年的三十五周年版《殺死一隻仿聲鳥》，一般花十美元就可買到一冊精裝本，但若書扉上有哈波‧李的簽名與簡短祝福，價格可飆漲數十到數百倍；例如 2018 年 7 月 26 日加州太平洋書籍拍賣公司賣出一冊，成交價為七百八十美元，一些書商甚至標價兩三千美元。
Courtesy of PBA Galleries /Dana Weise

未諮詢她的情況下，擅自擬好新聞稿並拿到安養院讓哈波‧李簽名，愛麗絲寫道：「可憐的奈兒‧哈波，不能看、不能聽，任何她信任的人要她簽什麼她都會簽，現在她已經不記得這回事了。……對於我的事務所缺乏誠信，我感到蒙羞、難堪與難過。」哈波‧李的法定全名為奈兒‧哈波‧李（Nelle Harper Lee），親友一般都以奈兒或奈兒‧哈波稱呼她。

面對排山倒海的議論，向來不太甩媒體的彤亞‧卡特，只好又以哈波‧李之名發表聲明，說她不僅「活跳跳，還對《守望者》的反響開心至極」，彤亞‧卡特並簡短接受《紐約時報》電郵、簡訊採訪，強調哈波‧李對那些隱射她被騙或被剝削的報導感到受傷與羞辱，她表示哈波‧李是「非常堅強獨立又明智的女性，她本該沉浸在小說失而復得的喜悅，但如今反而得替自己的信譽與決定辯護」。《紐約時報》同一篇報導還採訪了在安養院照顧哈波‧李的看護，說她神志清楚，期待書籍的出版。但也有朋友描述她狀況時好時壞，說話反反覆覆，能引述大段文學名句，但短期記憶很差，今天記不起昨天之事。一些哈波‧李的友人則向媒體表示，她曾表態不會在生前出第二本書，諸多說辭令人莫衷一是。

所有間接的轉述與代言，都難以讓眾人信服，只有哈波‧李本尊親自開金口對外說明，方能消除雜音，但由她過去的行事作風來判斷，這幾乎不可能。更何況律師彤亞‧卡特把關，沒有她的同意，任誰都無法擅自去安養院探望哈波‧李。有位不得其門而入的記者，宣稱寫了封信郵寄到安

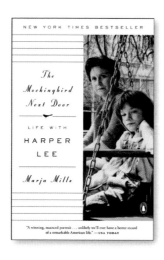

女記者瑪雅・密爾斯曾與哈波・李姊妹當了十八個月的鄰居，密爾斯日後寫了《隔鄰的仿聲鳥：與哈波・李的日子》，書中提到不少哈波・李的私生活，頗能滿足一些讀者對心儀作家偷窺的好奇心，但也引發哈波・李的不滿。

養院，未料哈波・李居然把他的信寄回，還在信末空白處用粗黑簽字筆署名並寫了兩個字加驚嘆號——「滾蛋！」（Go Away!），記者得意洋洋地在網上公開此信件。到底這能證明什麼、筆跡是否真的出自哈波・李，又引發一番討論，想必現今連寄去安養院的信件都會被篩選，整個事件演變得宛如一齣肥皂劇。

好事者匿名投訴，請州政府介入

隆隆爭議聲中，有好事者向阿拉巴馬州政府主責老人凌虐的成年保護服務處投訴，以致州政府安全委員會介入調查，訪談了哈波・李本人和相關人等，3月中調查小組宣布：「根據我們與李女士的訪談，我們裁決她知曉她的書即將出版，她要書出版，她相當清楚表示她確實要。」

哈波・李的版權代理人安竺・努伯格（Andrew Nurnberg）跟著發表聲明，痛批匿名投訴者的作法既可悲又可恥，他強調哈波・李雖耳不聰、目不明，但那只是老年人通有的毛病，完全無損她的機智與意見表達。努伯格也再度駁斥《守望者》當初是退稿、暗指品質不佳的報導，他早先接受媒體採訪時，曾說《守望者》是「一本非常非常好的書，寫得很優美，不論是語言、情感、幽默與政治」，他還表示從哈波・李與早年代理人的通信中發現，《殺死一隻仿聲鳥》與《守望者》原是三部曲中的頭與尾，中間那本因故未寫或未完成，「但很明顯地，立品寇特（Lippincott; 哈波・李最初的出版社）計畫要出版《守望者》」。

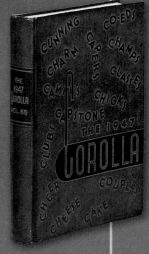

哈波・李 1964 年後就不再接受公開的正式採訪，《守望者》問世前，她只有一本著作《殺死一隻仿聲鳥》，有關她的第一手報導極罕見，特別是含照片者，因此她求學時期的年刊 (Yearbook) 都成了書迷收藏的對象，年刊內容總結學校過去一年的事件、成就以及學生的生活照與大頭照。圖中所見為 1945 年杭亭頓學院（Huntingdon College；哈波・李於此就讀一年）與 1947、1948 年阿拉巴馬大學（The University of Alabama）的年刊，白色圈起處為她。*Courtesy of Between the Covers Rare Books, Inc.*

《守望者》英國版與美國版同步發行，
此為最早公布的英國版首版書封影像。

　　許多人倒是認同匿名投訴者，畢竟太多矛盾之處，哈波‧李又沒有任何直系血親，讓不具利益關係的中立委員會介入，調查的結果至少讓大家購書時，少了份罪惡感，不會覺得成了剝削者的共犯、買了本作者不想出之書。只不過，《守望者》若真那麼好，當年立品寇特為何改變了出版的計畫？而且哈波‧李為何會幾十年來都沒有動作？

　　其實不管哈波‧李的意願是什麼、《守望者》的品質如何，我認為這本書的出版不過是遲早之事，除非她自行先銷毀手稿，否則就算她生前不出，她的文學遺產執行人也會出，古今中外不乏類似案例，張愛玲的《小團圓》、《雷峰塔》、《易經》、《少帥》不都是如此？！又如諾貝爾文學獎得主尤金‧歐尼爾（Eugene O'Neill），在完成以家族血淚史為底的長篇劇本《長夜漫漫路迢迢》（Long Day's Journey into Night）後，將原稿密封並表明他死後二十五年方能拆封問世，但歐尼爾的妻子在他去世三年後，就執意讓劇本上演並出版。

　　俄裔作家納博科夫 1977 年去世前，曾要求家人在他死後銷毀他未完成的小說《蘿拉的原型》（The Original of Laura），但他的妻子薇拉遲遲未動手，把一百三十八張用鉛筆寫在索引卡片上的手稿鎖在瑞士銀行的保險箱，1991年薇拉去世，納博科夫的獨子迪米屈天人交戰了十多年，還是在 2009 年將這些卡片筆記出版成書。

　　文學遺產執行人在知名作家死後出版其遺作，不論是為了滿足讀者興趣、造福學者研究、保存文化財或嘉惠出版社與書商，總能自我合理化，然而當這牽涉到像哈波‧李如此知名的暢銷書作家時（《殺》書現已銷售

四千萬冊），層層商機環繞，任何高尚的訴求與說辭一旦與龐大的利益糾結，都不免讓人質疑動機的純良。紙本書、電子書、有聲書都已排好檔期上市並接受預購，不久可能會聽到電影劇本改編版權由誰高價買下的新聞，說不定連風聞已久的犯罪小說《牧師》都會出土。

《守望者》可能讓哈波·李晚節不保？

我寧願如此想：由於哈波·李過往覺得先寫的《守望者》無法超越《殺死一隻仿聲鳥》，基於自我要求過高或不願讓讀者、評論家失望，又或者單純不想再受媒體大肆追逐報導，以致她半個多世紀以來都未曾動念出版這本書。而今風燭殘年之際，過往的壓力、患得患失皆不復存，因此當塵封舊稿重見天日，又受到朋友鼓舞之餘，心想不妨試試。特別是長年伴隨她的姊姊兼摯友愛麗絲去世後，她覺得生命沒有重心和動力，這本書的出版，或許能帶給她些期許與樂趣。至於惹人厭的媒體、狗仔隊，反正她已入住門衛森嚴的安養院，眼不見為淨，就讓他們去捕風捉影、吃閉門羹。

不少人擔心《守望者》若品質不佳，出版將有損哈波·李的盛名與聲譽，以致晚節不保，毀了她在世人心中的完美形象。身為她的讀者，我以為《守望者》若寫得差，既不會改變《殺死一隻仿聲鳥》已成經典之事實，也無損我對她的敬意，畢竟這是她最早完成之作，我們能跟隨作家的創作軌跡，也算幸運。另外，說不定當初的編輯看走眼，我們讀了書後，發現竟然「寫得還不錯」，正如她在新聞稿中提到早年寫完時所感，如此豈非讀者之福、文壇之美事、再創一則傳奇？！更重要的，我一直覺得《殺》書的結尾有伏筆，到底巴布·尤歐是怎麼死的？到底他身上那把刀是誰插的？警長手上那把刀又是誰的？眼見警長決意把案子草草了結，守法的阿提克司·芬鵡內心真的能平靜？還有，我很想知道二十年後的思考特變成什麼樣子，就讓我們靜待 7 月 14 日新書來臨。🦋

註：哈波·李新書之名《去設守望者》，取材自詹姆士王欽定本《聖經》以賽亞書第二十一章第六節——主對我如此說：「你去，設立一位守望者，讓他報告所見之事。」

初稿刊登於 2015 年 4 月 3 日

　　《守望者》英文版 2015 年 7 月甫上市，我就買了一本來讀。小說發生的地點還是設在梅孔鎮，許多角色的名字、身分背景與《殺死一隻仿聲鳥》也相同或類似，但整個故事的基調卻大不同（更多關於《殺死一隻仿聲鳥》的介紹，請參閱本書下一篇專文）。沒錯，主角還是律師阿提克司・芬鵄與小名思考特的琴・露易絲・芬鵄這對父女，但時間往後推展二十年，約為 1950 年代中期，思考特二十六歲，阿提克司七十二歲。《殺死一隻仿聲鳥》書中思考特的哥哥傑姆與鄰居玩伴狄兒都未出場，書中簡單提到傑姆很年輕就因心臟病突發身亡，狄兒從軍後去了義大利，他們只出現在思考特的回憶片段。

　　故事由思考特從紐約市返鄉度假開展，原該是一次輕鬆愉快的假期，沒想到才抵達兩天後就變調，起因於思考特無意間發現自小崇拜、追求正義的父親居然是認同白人優越的種族主義者，而且還領導同道者捍衛美國南方的黑白種族隔離政策，企圖阻撓全國有色人種促進協會幫助黑人；當她目睹父親及暱稱「漢克」的青梅竹馬男友亨利・克林頓（Henry "Hank" Clinton）與一些她不齒之徒群聚私下召開會議，頓時覺得理想幻滅，原來她長期以往視之為「守望者」的父親竟是如此不堪；帶著震驚受傷之心，她與父親和男友進行尖銳對話，並稱他們是偽君子，連帶把憤怒發洩在保守、階級意識濃厚的姑媽亞莉珊卓身上。

　　故事安排思考特的叔叔傑克對她「曉以大義」，說南方的情況是如此複雜，她的父親選擇自認對整體社區最佳的方法行事，他是人不是神，並訓斥她其實才是偏執頑固之人，無法容忍異己、站在他人立場去設想；傑克叔叔對她說：「每個人都是一座孤島，

《守望者》首版除了發行普通精裝本，英美出版社還出了皮革裝幀的盒限量簽名版，並附特製布面的「蚌殼盒」（clamshell box；指盒蓋與盒身像蚌殼般可一體打開，中文又譯為「翻蓋盒」）。圖中所見為美國版，藍色盒上的絹印圖案與普通精裝本相同，限量五百冊，訂價一千五百美元。左頁圖為美國出版社為《守望者》首發製作的宣傳胸章。
Courtesy of Raptis Rare Books

每個人的守望者是他自己的良知，沒有所謂的集體良知。」書中最後以溫情的方式結尾，意指人們即使觀點與立場各異，仍不可抹滅親情的誠善。

有趣的文獻檔案、很糟的小說

哈波・李的兩本書有個共通的主題，談的都是對人的同理心與同情，但《殺死一隻仿聲鳥》的對象是針對被誣控的黑人、社會適應不良的神祕鄰居、教育經濟程度低的佃農等弱勢族群，而《守望者》卻是要觀者同情有強烈優越感的律師阿提克司、勢利眼的姑媽亞莉珊卓、逢迎時勢的男友漢克，只不過後者的鋪陳太薄弱，難以引起我的共鳴。

《守望者》除了開頭第一篇返鄉歷程寫得頗有氛圍，一些回憶兒時、青春期的描寫算有趣，書中大量說教式的敘述與對白令人看了不耐，情節又單調，我讀了不到三分之一幾乎就要放棄，尤其有些篇章過度賣弄文學典故，技巧生疏，顯得造作、不自然，忍痛讀完此書後，我可以理解為何當初哈波・李那位經驗豐富的老編輯會捨棄這份原稿。

如果不是從歷史的角度來觀照，看一位初出茅蘆的作家如何才剛寫完一本粗糙廢置的小說，轉身而寫出另一本廣受歡迎的讀物，我個人覺得《守望者》這本書作為一個獨立的文學作品，其存在的意義與價值甚低。英國評論家菲力普・漢雪（Philip Hensher）在《觀察家》週報（*The Spectator*）所寫的書評，劈頭第一句就說《守望者》是「一個有趣的文獻檔案，但很糟的一本小說」，他不解為何別人會有別的想法。

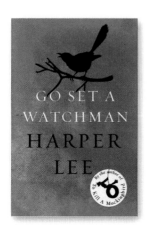

圖右為英國出版社推出的《守望者》限量簽名版，也是皮革裝幀，配上秋香色的布面「蚌殼盒」（翻蓋盒），書封上的圖案與圖左的平裝本雷同；此版本僅限量一百冊，出版時訂價為兩千英鎊，現已增值，至少三千英鎊才買得到。*Courtesy of Raptis Rare Books*

　　然而，在讀完《守望者》之後，我多少能揣測為何哈波‧李半世紀以來都不曾提起這本書稿。《殺死一隻仿聲鳥》出版後，不僅成了暢銷書、改編為暢銷電影、被列入英美中學的推薦書單，它還影響了諸多人的一生，成千上萬的讀者表達對書中那位正義的化身阿提克司有多麼景仰，有些人追隨他的腳步成為律師，有些人甚至以他之名為孩子命名；面對如此景況，身為作家的哈波‧李有必要介紹另一個負面版本、種族歧視、年輕時參加過三K黨的阿提克司嗎？有必要把讀者攪得精神錯亂嗎？她忍心毀壞大家既有的完美想像嗎？當然是不提也罷！

　　只不過《守望者》終究在2015年出版了，而且是在哈波‧李生前。雖說兩本書其實是獨立的故事，只是正好用了相同的名字給不同的角色，但《殺》的廣大讀者群聽到《守望者》的阿提克司對思考特說出的一些語句，還是感到極度錯愕、震驚與不安，諸如「你要一卡車的黑鬼在我們的學校、教堂、戲院？你要他們在我們的世界嗎？」、「這裡的黑鬼還處在嬰兒段，……他們在適應白人方式上已經有所進步，但還差得遠！」。

由書信集中「解密」

　　我原本很納悶，想不通何以哈波‧李會決定出版《守望者》，當然不排除她年紀大了，腦筋不清楚，以致做出如此「荒謬」的決定。漢雪在他的評論中也提到，他不相信一個身心官能健全的作家會同意出版這本書，除非作者本人或出版社寫了詳盡的說明與導讀，但偏偏這兩個前提都不存在；然而當我讀到2017年出版的一本書信集後，心中疑惑得以解答。

《仿聲鳥之歌：我與哈波‧李的情誼》，收錄了歷史學教授韋恩‧福林特與哈波‧李和其姊愛麗絲晚年的數十封通信，福林特還寫了幾篇短文講述他與李氏家族成員間的交往；福林特的孫女命名為哈波。

　　哈波‧李於 2016 年 2 月 19 日去世，許多禁忌也跟著大開；一位她晚年親近的好友韋恩‧福林特（Wayne Flynt），取得了哈波‧李遺產繼承人的許可，隔年出版了《仿聲鳥之歌：我與哈波‧李的情誼》（*Mockingbird Songs: My Friendship with Harper Lee*），書中除了敘述他們的交往經歷，還收錄了兩人的數十封通信，2006 年 7 月 31 日哈波‧李給老友福林特的信中寫著：

　　很高興人們喜歡《殺死一隻仿聲鳥》，雖然有這些缺失。我很好奇大家的反應會是什麼，如果阿提克司是個混蛋，《殺死一隻仿聲鳥》是複雜、尖酸、不感傷、不感情用事、種族上非大家長式作風，這書或許會得到很好的評論，可是不會有第二刷，但我很滿足於客套性的意見和僅僅受到歡迎。

　　上述這段話顯示哈波‧李其實心知肚明，若是一開始就發表《守望者》，銷路肯定奇差無比，但數十年過後，她還是忍不住好奇，到底人們對她原始的作品會有什麼反應，當她生命晚期得知原稿還存在，心想不妨就讓它問世吧！如此也算某種表白，顯示她並非刻意去塑造一個無瑕的聖人或英雄。

　　在 1950 年代末期美國廢除種族隔離的民權運動進行得如火如荼之際，寫出《守望者》無疑是需要極大勇氣，書中以同情的角度坦陳南方白人捍衛種族隔離的思維邏輯與實況，肯定會引發眾多支持民權運動者的噓聲與撻伐，想必這也是當初編輯會棄守此書的理由之一。

　　《守望者》的出版也促使讀者從另一個角度去重讀、審視《殺死一隻仿聲鳥》中的阿提克司，他的「英雄」形象是存在於書中年幼兄妹傑姆、思考特的理想中，後來又在電影的三度空間被葛雷哥萊‧畢克美化、神化，

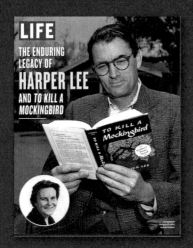

2015 年初《守望者》即將出版的信息釋出後，引發人們重新對哈波·李與《殺死一隻仿聲鳥》的關注，同年 6 月 26 日美國時代出版集團出了一冊特集《〈殺死一隻仿聲鳥〉的持久力量》，次年又出了修訂集《哈波·李與〈殺死一隻仿聲鳥〉的持久傳奇》（The Enduring Legacy of Harper Lee and To Kill a Mockingbird），書中裡的圖片多數來自《生活》雜誌 1961 年記者在哈波·李家鄉拍攝她的畫面，其中含她與父親及姊姊的生活照，以及 1962 年電影《殺死一隻仿聲鳥》的劇照與拍片現場的照片；另外還提到《殺》書影響了當時的民權運動。

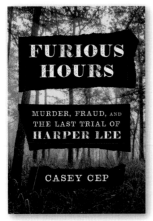

1970 年代末期阿拉巴馬州一位黑人牧師謀殺五位親友詐領保險金，結果在死者之一的葬禮上，他被人射殺身亡，牧師的辯護律師轉而為殺手的律師。哈波‧李曾追蹤、收集這樁戲劇性的案例並打算寫出類似《冷血》的紀實小說，但無疾而終。2019 年 5 月英美出版的書《狂飆時刻：謀殺、詐欺與哈波‧李的最終審判》（*Furious Hours: Murder, Fraud, and the Last Trial of Harper Lee*）敘述此案外案與哈波‧李的涉入，以及解析她為何一直沒有寫出新作。

最終演變成讀者的集體認同，這原非作者哈波‧李所望，半個多世紀以來，她說不出口的「真相」總算大白。

南阿拉巴馬州的珍‧奧斯汀

當然，我和許多人更想知道的真相是，究竟哈波‧李為何數十年不再發表新作？1964 年她最後一次公開接受正式採訪時，主持人先問她是否正在進行下一本小說，最後又問，身為一個作家，她的目標為何，以下兩段分別是她的回答：

是的，但非常緩慢。你知道很多作家其實並不喜歡寫作，……但我喜歡寫作，有時我怕自己太過喜歡，因為每當我一寫起來，就不想停下來，其結果就是好幾天都足不出戶，我頂多會出去買紙張和一點食物。說來奇怪，我不厭惡寫作，相反的，我太愛寫了。

我希望能成為一個記錄者，寫下一些我認為即將快速流失、屬於小鎮的中產階級南方生活，……。換言之，我想要的就是成為南阿拉巴馬州的珍‧奧斯汀。

實在難以想像這個想成為「南阿拉巴馬州的珍‧奧斯汀」會放棄熱愛的寫作，多數人認為她因盛名所累，擔心無法超越舊作而難以下筆，果真如此，自己被自己綁架，豈不太悲慘了！我寧願相信，她私底下靜靜悄悄偷偷寫了一篇一篇又一篇的文章，只為自娛、不為發表。🦋

有關《殺死一隻仿聲鳥》

　　《殺死一隻仿聲鳥》這本書歷久不衰，全球銷售至少四千萬冊，已譯成四十多種語言版本，現今每年還能售出數十萬到百萬冊，並成為許多學校的教材，在美國約有四分之三的中學選此書為指定讀物，1991 年美國國會圖書館與每月讀書俱樂部聯合對讀者調查最具影響力之書，《殺》書僅次於聖經。2006 年英國圖書館員票選成年人生前必讀之書，《殺》書甚至排名第一，其後才是《聖經》，接下來五名──《魔戒三部曲》、《一九八四》、《聖誕頌歌》、《簡愛》、《傲慢與偏見》──全是英國作家所寫，驕傲的英國人會選一本美國作家的書當榜首，足以說明此書的魅力。在古書展上，1960 年首刷的《殺》書，已經成了二次大戰後，最具收藏價值之書。

小城故事展現普世價值

　　《殺死一隻仿聲鳥》一書設於 1930 年代初美國阿拉巴馬州一個虛構的小城梅孔（Maycomb），哈波·李以她的家鄉蒙洛維爾鎮為藍圖。書中主人翁思考特講述她六歲到九歲成長期間周遭與小城中所發生的事，後半段描寫她的律師父親替一位被誣告強暴白種女人的黑人辯護的過程，書中蘊含的種族平等、社會正義、人性良知非常符合普世價值，一般咸認此書對 1960 年代如火如荼的非裔美國人民權運動有推波助瀾的效果。

　　正義凜然的父親阿提克司·芬鵸固然可佩，但敏捷善辯、喜歡穿吊帶褲又愛和男孩打架的思考特更惹人愛，除了這兩位主角，哈波·李還在書中安排了鮮明的人物，諸如仰望父親又照顧妹妹的敏感哥哥傑姆、嚴厲又溫暖的黑人女管家卡普尼雅、通情達理又樂觀的莫迪小姐、老愛毒舌教訓人的杜博斯太太（Mrs. Dubose）、無禮無知無恥的無賴鮑伯·喲哦先生（Bob Ewell）、在法庭上修指甲嚼雪茄的法官泰勒先生（Judge Taylor），以及那位傳說被家人關在鬼影幢幢屋中多年的隱士咘·瑞德利（Boo Radley），咘這

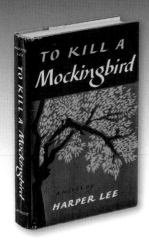

圖中所見為首版首刷的《殺死一隻仿聲鳥》簽名本，以及此書前任擁有者給哈波‧李的打字致謝函，信上說他十六歲就擁有此書，現在當父親，又拿此書唸給兒子亞當聽；另外，想知道是否有幸能請她為父子倆在書上題贈並回寄。此君的溫情策略奏效一半，哈波‧李在書上簽了名，但只題贈給兒子亞當，不過另給了張簽名卡並在此君信末手寫一段話：「有鑑於你未附回郵，我以普通方式寄出郵包，而非快捷。」最後以縮寫 H.L. 署名。2016 年 10 月 6 日，此書連同信與簽名卡拍賣，成交價為兩萬七千美元。哈波‧李討厭他人用她的簽名本牟利，中晚年鮮少為人在書上簽名，除非是孩童，還好當時她已去世，無從知曉此交易。
PBA Galleries/Justin Bettinen

個角色一開始只是存在孩子們想像中的恐怖分子，直到書的結尾，才以天使之姿短暫現身，拯救了兩兄妹。

　　當然，沒有人會忘了書中那位古靈精怪、只有暑假才到訪的隔鄰小男孩狄兒（Dill），這角色是以另一位作家楚門‧卡波提為藍本。真實生活中，卡波提的親戚正好住在哈波‧李家隔壁，他兒時曾在那寄居幾年，兩人是童年玩伴。早期曾有傳言卡波提替《殺》書代筆，現已被斥為無稽之談，讀過他們的作品後，就知道風格大不同；這兩人先密後疏，他們的恩怨情仇是文壇常提的八卦，下篇文章再敍。

　　對我而言，《殺死一隻仿聲鳥》最大的吸引力在於文字、語音、意象交織出的趣味與幽默，這些只有透過原文，才能直接感受。單單是人物的名字就很有意思。例如小女孩思考特的綽號 "Scout"，可以是「偵查」、「搜索」的名詞與動詞，也可以指童子軍，象徵思考特好動、好奇的個性。哥哥傑姆的綽號 "Jem"，發音與 "gem" 相同，後者指寶石、珍品或受人喜愛之人。管家卡普尼雅的英文名 "Calpurnia" 象徵一個保護心極強的女性；凱撒大帝之妻名為卡普尼雅，凱撒被刺前，卡普尼雅已有預兆，曾力諫他不要赴會。

　　"Atticus Finch" 是律師父親阿提克司‧芬鵸的英文名，"Atticus" 是希臘二

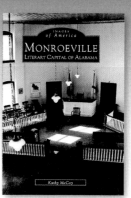

左圖是二十世紀初阿拉巴馬州蒙洛郡法庭，位於蒙洛維爾鎮，是哈波·李兒時和卡波提常去玩之處，《殺死一隻仿聲鳥》書中提到阿提克司出庭之處就是以此為藍本，電影中的法庭也是依原貌搭建內景。蒙洛郡法庭 1963 年後遷至新建築，因影片與書籍的暢銷，此建築被改為博物館，同時也上演《殺》書改編的話劇。此老法庭成了知名文學地標，連地方史的書也選用法庭內景為封面圖。

世紀時的雄辯家、慈善家與藝術文化贊助者的名字，"Finch"不僅是哈波·李母親的姓氏，也是姊姊愛麗絲的中名，意指雀科鳴鳥，與這本書的英文書名 To Kill a Mockingbird 相呼應，"Mockingbird"是仿聲鳥，擅長模仿其他鳥類、昆蟲與兩棲動物的聲音。書中第十章阿提克司跟孩子提到殺死一隻仿聲鳥是有罪的，鄰居莫蒂小姐向思考特解釋：「仿聲鳥只做一件事，就是唱歌給我們聽，牠們不啄食園子內的東西、不在玉米穀倉結巢，牠們只是盡情為我們歌唱，所以殺死一隻仿聲鳥是有罪的。」

　　此書原文書名直譯應為《殺死一隻仿聲鳥》，但中文繁體字版歷經好幾家出版社所用的書名都是《梅岡城故事》或《梅崗城故事》，完全脫離原書名，選擇以小說設定的地方 Maycomb 為名，可能是早年電影在台灣上演時，已經用了此名之故，只是"Maycomb"的發音和「梅岡」相差甚遠，「梅孔」更為接近些。中文簡體字版書名譯為《杀死一只知更鸟》，仿聲鳥與知更鳥的樣貌、顏色都不同，分類上前者為嘲鶇科，後者為鶇科，不理解為何譯者與出版社會用此譯名，或許覺得華文讀者少聽過仿聲鳥，對知更鳥較熟悉親切，但我覺得直譯為《殺死一隻仿聲鳥》更符合原書要傳達的意象。

　　雖然一些高眉的評論家，認為《殺死一隻仿聲鳥》過度被吹捧，稱不上經典，書中旁白者思考特的聲音不一致，時而小孩、時而成人，技巧上有缺

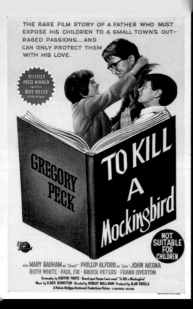

早期的《殺死一隻仿聲鳥》電影海報上打出了「兒童不宜」（Not Suitable
Children） 的字樣，主因很多保守人士批評劇中含的「黑鬼」字眼與強暴
訟的題材「不道德」、令人「不舒服」。《殺》書雖然被全美許多學校選為教
但同時也是一些學校與圖書館的禁書。電影版由侯騰‧傅特（Horton Foote
編，得到奧斯卡最佳改編劇本獎。知名影星葛雷哥萊‧畢克與初次演戲的
星瑪莉‧貝登（Mary Badham）演活了書中那對父女，畢克因此得到奧斯卡
男主角獎，貝登也成為史上入圍最佳女配角獎項的最年輕演員，對很多人而
阿提克司與思考特的形象就是他倆。畢克曾表示他很感恩飾演阿提克司，
了諸多人，他的孩子也最愛這部片；據報導他和導演、製片擁有《殺》書
片改編權，他們認為影片是獨一無二的，拒絕重拍或出續集。哈波‧李與
成了終生好友，據聞她曾拒絕很多人的提議，要把《殺》書改編為音樂劇、
         的例外是給社原型小鎮、非職業演員在小劇場演出，然而 2018 年
                         也有些曲折，引

THE PULITZER PRIZE WINNER
TO KILL A MOCKINGBIRD
The triumphant bestseller that the New York Times calls "The best of the year... exciting... marvelous"
a novel by HARPER LEE

M2000
60c

Gregory Peck stars in the brilliant Universal-International release, produced by Alan Pakula, directed by Robert Mulligan.

To Kill a Mockingbird
Harper Lee

Pulitzer Prize winner as 1960's best novel. 82 weeks in U.S.A. best-seller list. Over 5,000,000 (five million) copies sold! There's been nothing like this book since 'Gone with the Wind'

The Pulitzer Prize Winner By HARPER LEE

To Kill A Mockingbird
The triumphant novel that The New York Times called "The best of the year... exciting... marvelous." Over 12,000,000 copies sold

TO KILL A MOCKING-BIRD

Pulitzer Prize Winner
over 30,000,000 sold

HARPER LEE

VINTAGE LEE

To Kill A Mockingbird

The Timeless Classic of Growing Up and the Human Dignity That Unites Us All
TO KILL A MOCKINGBIRD
— Harper Lee —

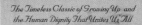

圖中所見為幾款英美發行的《殺死一隻仿聲鳥》平裝本書封。左上角是 1962 年版，封面圖用了那年上演的影片劇照，之後 1972 年版在書封上以類似蠟筆手寫體寫著作者獲普立茲獎，現已銷售五百萬冊，並稱自《飄》以後，從未有書像此，接下來 1982、1989 年版也寫出一千兩百萬冊、三千萬冊的銷售數字當宣傳語。不少封面則走溫情路線，以鳥、孩童為插畫主題，下排兩款是英美出版社推出的五十周年紀念版。

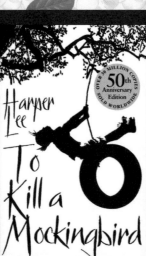

Harper Lee
To Kill a Mockingbird

OVER 30 MILLION COPIES SOLD WORLDWIDE
50th Anniversary Edition

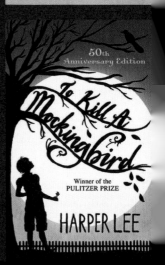

50th Anniversary Edition
To Kill A Mockingbird
Winner of the PULITZER PRIZE
HARPER LEE

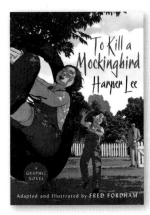
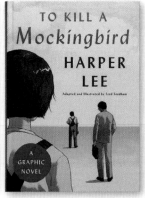

哈波・李去世後，她的遺產管理人與出版社授權佛烈德・佛登（Fred Fordham）改編《殺》書並以漫畫方式呈現，於 2018 年同時在英美出版了所謂的「圖像小說」（graphic novel），其實就是漫畫書比較文雅的說法；左右圖分別為英國版與美國版的封面。

失或取巧之嫌，但這本書與改編的電影影響了許多人，卻是不爭的事實。不少律師表示他們深受其中角色阿提克司的啟發，有些甚至因而選擇律師的行業。美國脫口秀天后歐普拉年少讀了此書後，就愛上思考特，把自己幻想成是她、想要有位像阿提克司的爸爸，她日後不僅選《殺死一隻仿聲鳥》為她的讀書俱樂部推薦書，還計劃請哈波・李上她的節目，但兩人私下會晤後，釋然打消此念頭，哈波・李對她如此說：「如果妳知道咘，就能理解為什麼我不做採訪，因為我真的是咘。」想必有感歐普拉的熱誠，哈波・李 2006 年難得寫了封溫暖的公開信給她，刊登在歐普拉創辦的雜誌，談到她老派人的閱讀經驗，兩人的交流成為一樁佳話。

名著、名人與命名

很多讀者替他們的兒孫取名思考特、阿提克司或哈波，以表示他們對書中人物與作者的喜愛。例如電影中飾演阿提克司的葛雷哥萊・畢克的外孫，以及足球金童貝克漢與歌手妻子維多利亞的女兒，都名喚哈波。布魯斯・威利與黛咪・摩兒的二女兒叫思考特。神祕客咘・瑞德利的名字則被好幾個英美樂團與基金會使用，除了英美，加拿大、紐西蘭、南非等國，都有餐廳或酒吧以此為店名。西方甚至有雞尾酒以阿提克司・芬鵠與咘・瑞德利命名。

一本書竟能有如此大之影響力，可見它多受歡迎了；只不過 2015 年《守望者》一書出版後，阿提克司這角色竟然是一個自視優越、歧視黑人的種族主義者，不再受她的女兒思考特崇敬仰望，自此大概許多人打消了以阿提克司命名的念頭。

哈波‧李與卡波提

　　《卡波提》影片裡一個值得注意的角色，是由凱瑟琳‧基納（Catherine Keener）飾演的哈波‧李（Harper Lee）。卡波提六歲時曾寄居在阿拉巴馬州小鎮蒙洛維爾的親戚家，並與隔鄰小兩歲的女孩哈波‧李成了玩伴，卡波提九歲後雖遷居紐約市，但經常返回蒙洛維爾鎮度假。哈波‧李的成名小說《殺死一隻仿聲鳥》裡，一位名喚狄兒（Dill）的小男孩，正是以兒時的卡波提為藍本，這本書的封底作者照片，就是由卡波提所拍攝。巧合的是，卡波提的第一本書《其他聲音、其他房間》裡描述的一個男孩子氣的女孩艾達貝兒（Idabel），也是根據哈波‧李所寫。

從兩小無猜到「冷血」

　　兩位作家為舊識並非新聞，但我原本不清楚她與《冷血》這本書的關係，由影片以及日後的研究中，才知道哈波‧李是早先伴隨卡波提到堪薩斯州並協助採訪的得力助手。裝束、談吐、舉止都很怪異的卡波提，即使在大都會的紐約市都能引人側目，在中西部保守的堪薩斯州，就更顯得格格不入了。而哈波‧李看起來頗莊重沉穩，且因自小在南方小鎮成長，非常能夠理解當地人的心態和語言，因此能與居民打成一片，若沒有她的襄助，卡波提在當地的採訪想必更加困難。女性化的卡波提與中性化的哈波‧李自小就是一對有趣的組合。

　　卡波提表示他六歲起沉迷於紙筆，每天不做功課，卻花幾個小時偷偷寫作，還經常拉著哈波‧李跟他一起寫。小學時哈波‧李的父親給他們一台打字機，兩人常構思故事並輪流把文字打出。卡波提高中畢業就決定不上大學，立志當個職業作家，二十三歲已出了第一本書。哈波‧李在阿拉巴馬大學研讀三年法學課程，本來想追隨父親與大姊成為律師，但發現自己愛文學甚於愛法律，於是退學、搬到紐約市，工作維生之餘，也加入寫作行列。因為卡

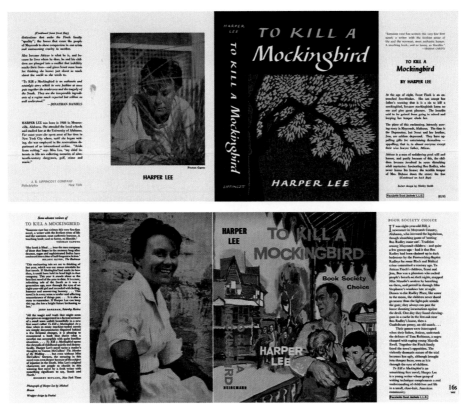

《殺死一隻仿聲鳥》美國版 (上) 與英國版 (下) 首版的封底作者照，分別由楚門·卡波提與麥克·布朗拍攝；兩個版本都使用了卡波提為哈波·李寫的一段推薦語。*Courtesy of Mark Terry*

波提的引介，她認識了詞曲作家麥克·布朗（Michael Brown），以及他的妻子裘伊·布朗（Joy Brown），布朗夫婦不僅成為哈波·李的好友，還替她介紹了文學代理人，甚至在 1956 年的聖誕節給她一個豐厚的禮物，支助她一年的生活費，讓她可以辭掉航空公司訂票員的工作，隨心所欲創作。如此善心之舉，使得哈波·李得以埋首撰寫長篇作品，並在 1957 年 10 月和出版社簽約，雖然之後又花了兩年時間大幅修改，但作家之夢總算圓了一半，《殺死一隻仿聲鳥》也才能誕生。哈波·李提供給《殺死一隻仿聲鳥》美國版與英國版的首版封底作者照，分別是由卡波提與麥克·布朗所拍攝，由此可見她對兩人的看重。值得一提的是，卡波提為《殺死一隻仿聲鳥》寫了一段推薦語：「有位特異之人寫了本非常優秀的第一部小說；一位生活感知最鮮明的作家，擁有最溫暖、最真誠的幽默，一本動人、有趣又討喜的書。」美國版與英國版分別將此段推薦語放在書衣 (護封) 的前、後折口。

卡波提與哈波‧李 1959 年底到堪薩斯州收集凶殺案資料時，與主責辦案的探員艾文‧杜威（Alvin Dewey）一家人成了好朋友，兩人常到杜威家社交，這張合照攝於 1960 年 1 月杜威家的廚房。*Permission of the Truman Capote Trust/ Truman Capote papers, The New York Public Library*

　　1959 年底哈波‧李協助卡波提在堪薩斯州採訪與收集《冷血》的資料時，卡波提已經出了好幾本書，文章不時出現在主流雜誌，他還寫了音樂劇本與電影劇本，不時像隻花胡蝶穿梭於文化圈、娛樂圈和社會名流間，而哈波‧李才剛完成《殺死一隻仿聲鳥》，正等著出版，沒想到這本小說 1960 年問世後，就獲得普遍好評，不僅成為暢銷書，還於次年獲得普立茲獎，接著又改編成電影，由葛雷哥萊‧畢克主演而不朽，使得小說和電影雙雙成為經典。

　　《冷血》1966 年出版時，卡波提在致謝詞中感謝了不少人的協助，但並未提哈波‧李，有些好事者議論卡波提不厚道，忽視了哈波‧李；如此批評有欠公允，也看輕了兩人多年建立的深厚情誼，其實題獻頁上清楚印著「給傑克‧唐費與哈波‧李，懷著愛與感激」的字樣，把長期的親密伴侶傑克‧唐費與自小熟識的老友哈波‧李並列；對多數作者而言，致謝詞往往是客套，題獻才是最高的崇敬。

　　人生的際遇總是充滿意外與諷刺。哈波‧李起步晚，但三十四歲（1960 年）出第一本書就得大獎。自幼即以寫作為志業的卡波提，出道甚早且數次得到歐‧亨利短篇故事獎（O. Henry Award），但從未獲得美國最高榮譽的普立茲獎或國家書卷獎，他本來期待《冷血》能替他摘下這些桂冠，卻無法如願。據聞國家書卷獎的一位評審甚至力主不該把獎頒給他這位暢銷書作家，以致卡波提一輩子懷恨在心，唾棄這些獎項，並揚言會寫出曠世巨著，給打壓他的人瞧瞧！從影片與資料中，可以看出哈波‧李的一鳴驚人使得卡波提內心隱隱作痛。

1976 年 5 月 10 日的《時人》雜誌以卡波提為封面人物，裡面有六頁關於他的報導；記者對他進行了數次採訪，有一次哈波・李在場，文章中有一小段引述她說卡波提幼稚園時被老師用尺打手心，只因太會讀書。卡波提半年前發表了《應許的祈禱》的篇章〈1965 年巴斯克海岸〉，篇中提到許多八卦與隱私，直接間接影射到上流社會的朋友，被大加撻伐，不少人因此與他決裂。哈波・李自己當時已不接受採訪，她顯然是替老友打氣而到場。報導中用了張他們在紐約市的街拍照片，這應是目前可知兩人最後的公開合影，此份雜誌我當然收藏了。

一個愛八卦、一個避八卦

　　《殺死一隻仿聲鳥》出版後幾年，哈波・李逐漸與媒體和大眾疏離，謝絕所有的採訪，與卡波提少有連絡。她生前雖然不時現身家鄉學生的話劇演出或寫作競賽頒獎，也接受許多大學榮譽博士或國家獎章的頒贈，但她一概不發表演講，面對媒體也只客氣寒喧，完全不回答問題。2006 年 5 月底一本哈波・李的傳記《仿聲鳥：描寫哈波・李》（*Mockingbird: A Portrait of Harper Lee*）出版，執筆者查爾斯・席爾茲（Charles J. Shields）雖然採訪了數百位哈波・李的舊識，卻還是無法採訪到她本人。哈波・李重隱私，強烈反對生前寫自傳和被寫，還要求她的親友噤口，而卡波提卻是早早就同意作家傑洛德・克拉克（Gerald Clarke）為他立傳並提供各種協助。克拉克不僅在 1988 年（卡波提逝世後四年）出版了六百多頁的長篇傳記，同時還蒐羅了四百多封

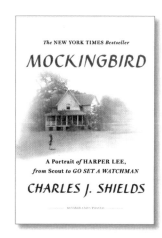

2006 年出版的哈波·李傳記《仿聲鳥：描繪哈波·李》，由查爾斯·席爾茲執筆；2015 年《守望者》問世後，席爾茲重新修訂傳記，於次年出了增訂版，並在書名後附加了另一個標題「從思考特到《守望者》」（From Scout to Go Set a Watchman）。

卡波提從青少年到晚年寫給諸親友的信件、卡片、電報，於 2004 年出版。

在電影《冷血》中飾演哈波·李的女配角基納曾表示，她很難從稀少的資料裡揣摩這個角色，可是為了尊重哈波·李的隱私，她不願去騷擾女作家。基納的戲份不多，但她詮釋的哈波·李自有一股堅毅、正直的氣質，並得到奧斯卡女配角的提名。相較之下，男主角霍夫曼就幸運得多了，因為卡波提留下不少作品，而且生前在媒體頻頻曝光，有大量的書信、傳記與影片可供參考。兩位演員的境況正好展現兩位作家的迥異風格，一個愛八卦、一個避八卦，也難怪他們日後漸行漸遠。

心懷妒忌超過二十年

長久以來，文化圈不時謠傳《殺死一隻仿聲鳥》是由卡波提修改，甚至是他代寫；但我覺得好勝的卡波提本位主義極強，若真的是他所寫，絕不可能把功勞拱手讓人，尤其他口無遮攔，根本守不住祕密，在我讀過的報導、採訪、傳記中，都不曾看到他這麼說，但也看不到他主動闢謠。在一些他早期給親友的信件，也顯示他只在《殺死一隻仿聲鳥》出版不久前看到樣稿，並未涉及初稿或編輯。

哈波·李 2016 年去世後，她晚年的友人教授韋恩·福林特在次年出版了兩人的書信集《仿聲鳥之歌：我與哈波·李的情誼》，哈波·李在信中除了分享生活的點滴，也提及了舊友卡波提，她在 2006 年 3 月 10 日的一封信中如此寫著：

根據卡波提與哈波‧李年少時的情誼，童書作家葛瑞格‧奈利（Greg Neri）以兩人為主角，寫了本給青少年讀的小說《楚與奈兒》（*Tru & Nelle*），於 2016 年出版；2017 年又出了續集《楚與奈兒：聖誕故事》（*Tru & Nelle: A Christmas Tale*）。

　　楚門的一些負面性格在他人生後期失控，有人跟我說他的確聲稱《殺死一隻仿聲鳥》大部分是他寫的，這是他對一些感到無聊的聽眾隨意脫口的私語，他幾杯酒下肚後能變得令人生厭。……楚門愛撒謊的德性是這樣的，如果有人問：「你知道甘迺迪被槍殺嗎？」他可以毫不費力回答：「知道啊，我當時正好駕駛那輛他乘坐的車。」……唉，歸結到底，我是楚門最久的朋友，而且做了件他無法原諒之事──我寫了一本小說，不僅賣出，而且到他晚年還一直在賣，他心懷妒忌超過二十年。

　　兩個在南方小鎮比鄰而居的男孩與女孩，年幼時一起玩耍、一起說故事，先後遷移至大都會紐約市、先後當了作家、化身為彼此書中的角色、雙雙成為文壇閃亮的明星，這是文學史上多麼罕見的案例啊！原本親暱的好友，最終發生如此嫌隙，真是令人唏噓不已！每當憶及卡波提與哈波‧李時，我總喜歡聯想起他們兒時的純真年代、想起《殺死一隻仿聲鳥》中兩小無猜的狄兒與思考特；人生的劇本無法重寫，歷史不能改變，但我們可以選擇想記住的片段，對自己如此，對他人、對欣賞的作家也是如此。🐝

註：哈波‧李的法定全名為奈兒‧哈波‧李（Nelle Harper Lee），當初她的父母為了紀念外祖母愛倫（Ellen）而替她取名奈兒（Nelle），英文 Ellen 的字母前後顛倒排列就成了 Nelle。至於中名「哈波」，則是為了紀念一位曾經救過她二姊露薏絲（Louise）的小兒科醫生威廉‧哈波（Dr. William W. Harper）。哈波‧李因怕外人把「奈兒」唸成或寫成「奈莉」（Nellie），因此出版時只用哈波‧李；她的家人都習慣叫她奈兒‧哈波，而一般朋友則直呼她奈兒或哈波。

追逐彼德·梅爾

Peter Mayle
A Life in Provence

因撰寫《山居歲月：普羅旺斯的一年》而揚名於世的英國作家彼德‧梅爾書中的作者照或宣傳照，不少是由妻子珍妮‧梅爾所拍攝，顯得特別自在，此張攝於 1990 年，書剛出版不久。 *Photo by Jennie Mayle*

旅行帶給我最大的喜悅，倒不一定是造訪了什麼舉世聞名的地標，能遇到形形色色之人，往往才令我興奮，特別是碰到一些仰慕多年的「名人」時，就更有樂趣了。我的名人榜多半列的是藏書家、書商、作家之流，一般人或許壓根兒也沒聽說過，但是其中也不乏世界級的知名人物，例如以《山居歲月：普羅旺斯的一年》（*A Year in Provence*）引起全球熱烈反應的英國作家彼德‧梅爾（Peter Mayle）。

與彼德‧梅爾的會面雖無法歸諸為不期而遇，但也算是不小的意外。1997 年夏天我在美國西岸舊金山灣區，6 月下旬某日開車北上經過金門大橋，沿著海岸線到馬林郡去探索一個古老的燈塔，由於沿途景致優美，一不留神竟然錯過了一個重要的路口，以致白白地多開了數十哩路，等到轉回頭找到目的地時，卻由於當日海岸風力過強，為了避免遊客墜入海底，往燈塔的唯一通道因而暫時關閉，我只能望著遠方的燈塔徒呼興嘆！

為了不讓自己覺得虛度此行，我臨時決定走訪鄰近柯特瑪德拉（Corte Madera）小鎮上的「書廊書店」（Book Passage），這家一度被美國《出版者週刊》圈選為當年全美最棒的獨立書店，我早已久聞其大名。半小時車程後，我找到了書店，旋即被門口前掛的一塊長布條的文字吸引住，白布

因為在這家書店外看到長布條上的預告，引領我到另一家書店與作家彼德‧梅爾會面。

條上寫著「歡迎彼德‧梅爾，6 月 29 日下午一點」的字樣。進了書店，才弄清楚原來梅爾先生有本小說《追逐塞尚》（*Chasing Cézanne*；另譯《追蹤塞尚》）剛問市，正在美國幾大城市巡迴宣傳，過些天即將會蒞臨此店，由於當時我正替台灣某家出版社規劃一本翻譯書《有關品味》（美國版書名為 *Acquired Tastes*；英國版為 *Expensive Habits*），此書原作者恰巧就是梅爾，我對於這活動自然特別感興趣，只是一想到假日又要跨金門大橋北上，再度陷入長龍的車陣中，心頭不禁涼了半截。但依我的判斷，梅爾既然到了舊金山灣區，就不可能只到一家書店，回到住所後，透過網路的追蹤，終於證實我的判斷無誤，梅爾將於 28 日晚間於舊金山市區一家書店與當地的讀者會面，店名很特別，為「一個乾淨明亮的書地」（A Clean Well-Lighted Place for Books；取自海明威的一個短篇故事〈一個乾淨明亮的地方〉〔A Clean Well-Lighted Place〕）。

不等靈感來敲門的作家

28 日那晚，梅爾偕同妻子珍妮（Jennie Mayle）翩翩到臨「一個乾淨明亮的書地」，他以機智與幽默風靡了在場的數十位讀者，由於我身為編輯、

1997 年有幸與作家彼德‧梅爾在美國舊金山的書店「一個乾淨明亮的書地」相遇，我在《書店傳奇》中有一章特別將此書店與同城另一家書店（自封為「一個骯髒昏暗的書地」）相比較，可惜這兩家書店都已消失。

作家及唯一的外國讀者，事前已經透過書店公關徵求梅爾的同意，使我有幸在會後單獨與他暢談，因而對他的人生觀與寫作觀有了更深一層的認識。

　　對於自己的書能被翻譯成中文及其他數十種語言，並在世界受到廣大的歡迎，梅爾覺得不可思議。的確，以普羅旺斯為主題的書一直都有，談美酒、美食的文章更是氾濫，不過卻少有一位作家能像梅爾寫出如此引人共鳴的文章，推究原因，除了筆鋒詼諧風趣外，他對細節的詳加描述別具功力，讓人讀了一點也不覺得瑣碎，反而有身歷其境之感；然而這些技法上的特出，我以為都是其次，最重要的因素之一，我想還是在於讀者能透過紙頁上的文字，感受到梅爾對周遭人事物的真心喜愛與享受，並進而沉醉其中，不管他是描寫一頓飯、一位朋友、甚至一張石桌，都讓人讀得津津有味，難怪《紐約時報書評》會說：「梅爾這位作家，從來不忘自娛娛人，若要他去寫一篇有關門把的報導，他也會交出一篇機智幽默、見識精闢的文章。」

　　另一個因素，我想也在於讀者佩服梅爾年紀輕輕，三十五歲時就從著名的廣告公司辭去創意總監一職、捨棄高薪，之後又在四十七歲時，帶著妻子與愛犬到語文不通的法國南方過生活，一般人雖然羨慕又欽佩如此勇氣，但多半沒有勇氣效法。梅爾之所以做出如此大膽的決擇，最主要是他

《有關品味》的美國版書名為 Acquired Tastes，英國版為 Expensive Habits，我在策劃中文版時的參考用書為美國版的平裝本，雖然事隔二十餘年，書籍已很陳舊，但我還是珍藏著，因為書扉上有作者彼德·梅爾的題贈簽名。

喜愛寫作，卻厭倦了創作那些只在電視上出現短短幾十秒、幾個月後就壽終正寢的文案，一個渴望當作家的人，在廣告的世界裡是難以滿足的，梅爾這麼表示。但他不忘強調廣告的訓練倒是幫助他日後下筆時不致廢話連篇，會想著如何言之有物以吸引人；此外，在廣告截稿的壓力下，也讓他養成嚴格的寫作紀律，他每天不管心情好壞，早上九點就端坐在書桌前寫稿，直到下午一點才休息，梅爾說自己不是那種等待靈感來敲門的人。

普羅旺斯的山居歲月

離開廣告業十年左右，梅爾成了個體戶，也就是所謂的自由工作者，接一些獨立的案子，撰寫一些型錄、手冊、給孩童看的小書等雜事維生，《山居歲月》的成功完全出乎眾人意料。由於喜愛南法的風土人情，1987 年他和妻子搬到普羅旺斯區的一個小村落，買了一棟十八世紀待整修的農舍石屋住下，原本打算要專心寫小說，但一堆生活事務讓他分心，過了好幾個月隻字未動，他懷著罪惡道歉之心，寫了封長信給他英國的文學代理人詳述他分心的理由，沒想到代理人要他乾脆把這些歷程寫成書，如釋重負的梅爾於是開心地寫下他與當地工匠、農夫、廚師、郵差、官吏、村民、房產仲介等各色人物打交道的生動日誌，裡面大量交織了南法的美景、美酒、美食，《山居歲月：普羅旺斯的一年》於焉誕生。

當初《山居歲月：普羅旺斯的一年》完稿時，只有一家出版社表示願

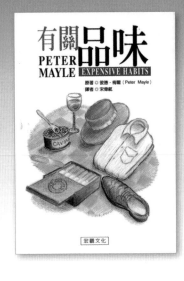

《有關品味》中文版最早於 1998 年出版，我有幸參與製作，當時替書腰的宣傳文案下了個標題——品味沉思錄，內容寫著：「書中告訴我們哪裡買得到世界上最好的魚子醬和巴拿馬草帽，該怎樣訂制一雙一千三百美元的鞋子，一套八百英鎊的西裝。這本沉思錄一方面讚美人類的感官饗宴，另一方面讚美提供饗宴的人，講的是金錢買得到（與買不到）的快樂。」不知是否還有人保有那銀色書腰？

意出版，出版社的代表簽約後立刻後悔，心想這書肯定一版都賣不完。1989 年英國版首先問世，首刷僅三千本，初始並未被安排到各大城市宣傳，但靠著口耳相傳的力量，這本書神奇地在世界各地締造佳績，後來又推出《戀戀山城》（*Toujours Provence*），他所寫的書自然引來眾多大型出版社的競標，成了票房的保證，此外更引發了新的寫作和出版風潮，例如遷居至義大利的美國女作家芙蘭西絲‧梅耶思（Frances Mayes）寫的《托斯卡尼艷陽下》（*Under the Tuscan Sun: At Home in Italy*）、《美麗托斯卡尼》（*Bella Tuscany: The Sweet Life in Italy*）系列。

　　對於是否獲得一些文學獎項的肯定，梅爾一點也不在乎，他希望讀者能從他的書中尋得樂趣，他將自己的書定位於「輕鬆的娛樂」而非「嚴肅的文學」；在遣詞用句上，他力求淺白流暢，痛恨咬文嚼字、賣弄艱深詞彙，他喜歡舉海明威對福克納的反駁來說明他對寫作的看法。福克納曾批評海明威稱不上個作家，因為讀者看他的文章完全不用查字典，海明威則譏諷道：「可憐的福克納，他真以為深刻的情感是來自深奧的字句？」

　　梅爾平易的寫作觀也適切地反映出他的人生觀，他強調自己厭惡矯揉造作、華而不實的勢利作風，例如他喜歡吃，卻認為餐廳應該把重心放在食物上，收取合理的價格，而不是花大筆銀兩、過度裝潢，以服務有錢人為目的；他欣賞一些古董與藝術品，但卻不願進出拍賣場，成為收藏品的奴隸；對世間諸多美好又花錢的事物，梅爾表示他都欣賞，但卻不想擁有，因為這些東西對他而言，麻煩終究超過它們的價值。

小說《追逐塞尚》是一本
輕鬆的偵探小品，我和作
者梅爾會面那年，正是此
書出版之際，他到舊金山
的書店宣傳新作，正好請
他在書扉上簽名。

最受歡迎的感官哲學大師

　　《有關品味》一書大概最能展現梅爾的生活態度，在這本書裡，他特
別對一些奢華的主題，像是魚子醬、雪茄、巴拿馬草帽、私人噴射機等進
行研究，但他的出發點全都是為了理解人們花錢的癖好，絕非膚淺的吹噓
與有錢人打混的經驗，在整個研究過程中，他覺得最愉快的事莫過於向提
供奢侈享受的高人請益，像是大廚師、古董商、調酒師、採松露人、製帽師、
裁縫師等各行各業中的翹楚，這些人對自己專業的虔誠最令他感動，由於
梅爾這種愛物卻不役於物的人生態度，使得美國版的《紳士》（GQ）雜誌
封他為最受歡迎的感官哲學大師。

　　成名後的梅爾在生活上也起了若干變化，首先他接到大批讀者來信，
訴說他們如何喜愛閱讀他的作品，這當然令他喜出望外，但接著卻有讀者
登門造訪，有些甚至組成旅行團，搭巴士、舉著望遠鏡或長鏡頭在他家門
外觀望，一心想印證書中所讀到的場景。有回他在家中與友人聚會，聽到
屋外發出不明聲響，結果竟然是一對陌生的義大利男女在他的游泳池內，
拿著錄影機拍攝，還邀他加入，令人哭笑不得。為了保有隱私，梅爾最後
只好搬家，對於這個不便，生性樂觀的梅爾表示，作為一個作家，能被讀
者注意，總比被忽視要好多了。至於普羅旺斯這個農業區，原本近幾年由

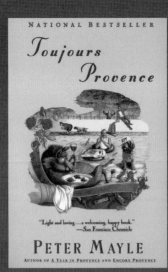

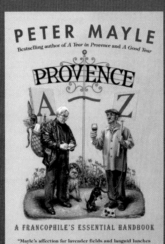

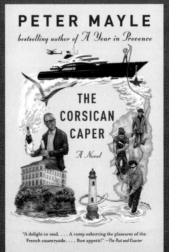

彼德‧梅爾不少書的英文版封面插畫都是藝術家露絲‧瑪騰（Ruth Marten）的作品，識別度極高，予人溫暖、歡愉、趣味的意象，和書中內容交相輝映。瑪騰在每張插畫裡都署名，署名的方式和出現的位置都不一樣，有時還融入畫中，成了雕像的名字，或是把名字的每個字母個別放在地上的小石塊上，看了令人莞爾。這些封面又是由知名的書籍設計師卡羅‧迪梵‧卡森（Carol Devine Carson）統籌設計。雖然這些書日後都出了其他版本的封面，但我還是最喜歡瑪騰與卡森兩人共同合作的這一系列封面。

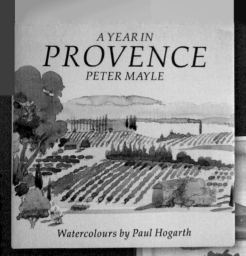

A YEAR IN
PROVENCE
PETER MAYLE

Watercolours by Paul Hogarth

1992 年的插畫版《山居歲月．普維旺斯的一年》，書中的水彩畫是英國知名藝術家保羅．霍佳斯（Paul Hogarth）七十多歲時所繪。霍佳斯早前曾替另一位知名作家格蘭．葛林（Graham Greene）的小說封面作畫，多達十六本。為了梅爾這本書的插畫，霍佳斯特別到普羅旺斯住了一個月，親身觀察梅爾筆下的景物與人物。

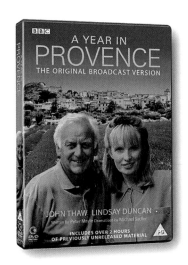

英國廣播公司（BBC）1993 年將《山居歲月：普羅旺斯的一年》改編為迷你影集，但推出後口碑普遍不佳，我自己看了一兩集也覺得沒勁；梅爾本人接受採訪時，曾表示不解為何男主角在影集中看起來似乎老是不太開心，他說自己在普羅旺斯總是心情大好。2006 年上演的浪漫喜劇電影《美好的一年》（A Good Year），由羅素·克洛與瑪莉詠·柯蒂亞主演，影片內容改編自梅爾 2004 年出版的同名小說；導演雷利·史考特（Ridley Scott）與梅爾早年曾在廣告公司共事，後來又成為普羅旺斯的鄰居。

政府那兒得到的補助不斷縮減，卻受惠於大批湧入的觀光客，對於經濟多所助益。對於那些恨不得也能在當地生活的讀者，梅爾則提出忠告，由於法國南方的電訊、電力經常中斷，且辦事效率也不高，因此那些已習慣都市利便的人，最好三思而後行。

　　與梅爾道別前，他邊在我的書上簽名、邊問我為什麼會到舊金山灣區來，我望了一眼他剛出版的小說《追逐塞尚》（Chasing Cézanne），回他一句 "Chasing Mayle"，梅爾與一旁的妻子聽了哈哈大笑，由於 chasing 一詞既能表示追逐、追尋之意，還能表示男女間的追求，同時 Mayle（梅爾）與 Male（男性）、Mail（郵件）的英文又正好同音，所以一句話可以被多方詮釋。事實上，身為一個作家，我倒真是願意追隨梅爾，他利用文字真切地表達出對生活的熱愛，既不曲高和寡，也不刻意媚俗，如此的瀟灑從容確實令人折服。🐝

初稿刊登於 1998 年 3 月 8 日

　　沒想到與彼德・梅爾相遇竟是二十二年前的陳年往事了，那年（1997）初我的第一本著作《書店風景》剛在宏觀文化出版，同一年我建議宏觀文化出《有關品味》的中文版，並協助取得版權與企劃出版，誰知就在旅途中遇到了作者彼德・梅爾，因此寫出了前面這篇主文，於次年 3 月發表，《有關品味》中文版早兩個月也問世了，但我還是喜歡閱讀手上的美國版；一方面是「原汁原味」，再者那是當年我正好帶著的工作用書，上面有梅爾的簽名，它總讓我憶起多年前那次美好的相逢。

　　與彼德・梅爾會面時，他其實在前兩三年已移居到美國東岸紐約州長島東邊的小村落，並於 1995 年底賣了早年他寫出全球暢銷書《山居歲月》、《戀戀山城》時居住的農舍。記得那次訪談結束前，他悄悄給我紐約的傳真號碼，表示若有任何關於書的問題，可以寫信給他；知道他注重隱私，能主動給連絡號碼，令我頗感動。那是電子郵箱尚不發達的年代，傳真是很重要的連絡工具，現在很多年輕人大概都沒有看過、用過傳真機吧！

　　在長島住了幾年，梅爾固然避開了瘋狂書迷的打擾，卻對普羅旺斯患了嚴重的「思鄉症」，田園飄浮的百里香氣味、夏季的薰衣草花海、周日市集的摩肩接踵都使他深深念想，離開四年後，他和妻子遷回普羅旺斯，並於 1999 年寫了《重拾山居歲月》（*Encore Provence: New Adventures in the South of France*）和 2006 年的《普羅旺斯 A to Z》（*Provence A-Z*），但這回他記取教訓，書中不透露新居的確切地點。

　　梅爾於 1970 至 1980 年代曾與插畫家合作，寫過不少生動的漫畫童書，例如《我從哪裡來？》（*Where did I come from?*）、《我到底怎麼了？》（*What's Happening to Me?*），用巧妙且風趣的口吻對孩子解釋生育、青春期生理變化的性教育，以及解答心理困惑類的《為什麼我們要離婚？》（*Why Are We*

彼德・梅爾愛狗，1995 年還以擬人化的手法寫出了暢銷書《一隻狗的生活》(A Dog's Life；另譯為《一隻狗的生活意見》)，書中主角就是照片裡梅爾抱的那隻狗，照片攝於 1994 年。*Photo by Jennie Mayle*

Getting a Divorce?*)、《成長與其他問題》(*Grown-ups and Other Problems*)，這些書大人讀了也覺得有意思；另外還有針對成年人寫的幽默插圖本《如何當一個懷孕的父親》(*How to Be a Pregnant Father?*)、《如何馴服嬰兒》(*Baby Taming*)、《為狗命名的藝術與技巧》(*Anything but Rover: the Art and Science of Naming Your Dog*) 等等，林林總總近二十冊。

　　梅爾真是一位多產作家，我後來看到出版社 (Alfred A. Knopf) 在官方網站上和書上介紹，居然說他只有十六本著作，想必是把早期那些非他們出版的幽默小書都撤開不算；當然也可能是梅爾自己謙虛，認為自己先前那些小書，不足掛齒；其實他那本《我從哪裡來？》，1973 年出版迄今四十餘年都不曾絕版，還出了多種語文版本（含中文），銷售量超過兩百萬冊，也是童書類的暢銷書。

　　梅爾晚期還寫了好幾本輕鬆的偵探小說，記得嗎？他搬到普羅旺斯一開始主要是為了寫小說，只不過他的小說情節較弱，我覺得非小說、雜文類的散文體還是他的強項，至少這是我個人的偏好。

　　2018 年 1 月 18 日梅爾於離家不遠的醫院逝世，享年七十八歲。他生前完成著作《再見，山居歲月——我在普羅旺斯美好的 25 年》(*My Twenty-Five*

在寫出普羅旺斯暢銷書系列之前，彼德‧梅爾還與漫畫家
合作，出過不少針對孩童與成人的漫畫書。

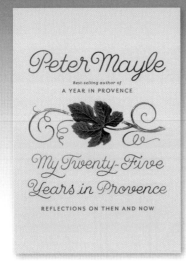
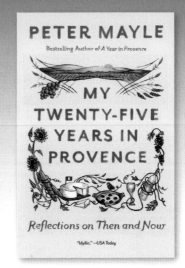

2018 年 1 月梅爾逝世，他生前完成了《再見，山居歲月：我在普羅旺斯美好的 25 年》，
於同年 6 月出版，成了最佳的休止符。圖中所見為美國版精裝本（左）與平裝本（右）
的封面書影。

Years in Provence），回顧他與妻子在普羅旺斯的點點滴滴，於同年 6 月出版，
成了生命樂章的最佳休止符。為了紀念他，我買了這本原文書來讀，其中
一個篇章（Read All About It）提及他的書廣受歡迎後，大家連帶對他的生
活也感興趣，許多記者採訪他時多半問的是與書、寫作無關之事，比方說
早餐吃什麼？是否懷念英國的茶、板球、天氣？是否還有英國朋友？狗兒
現況如何？養了多久？文章結尾提到一個令他印象深刻的採訪，一位頗嚴
肅的年輕記者提了一堆他以往從未被問的問題：父親的職業是什麼？在哪
求學？有沒有孩子？全是些和普羅旺斯不相干的問題，困惑之餘，他問記
者那則採訪要刊登在哪，記者回說：「喔，他們沒告訴你嗎？我們正在準備
你的訃文。」讀到這段幽默的敘述，仿如看到梅爾眨眨眼向我們這群讀者
揮手道別。🐛

註：《山居歲月：普羅旺斯的一年》 近年新版譯名的副標題改為「我在普
羅旺斯，美好的一年」；《有關品味》新版譯名為《關於品味》。

你所不知道的丹·布朗

Dan Brown
An Unknown Story

《一百八十七種該規避的男人》夾在眾多精裝書中雖顯單薄，但這絕版的平裝小冊可是丹·布朗的正宗處女作，相信嗎？網上曾經有人喊價近千美元。

美國加州舊金山的「瓦哈拉書店」（Valhalla Books）是我過往很喜歡逗留的優質二手書店之一，那裡除了有舒適的沙發、免費暢飲的咖啡、一台連上網路的電腦供來客使用，主要還是我與店主喬·馬奇翁尼（Joe Marchione）投緣。馬奇翁尼是個性書店經營者的典型代表，因為愛書而賣書，自己是小書店的老闆兼夥計，碰見順眼的客人，往往特別熱情。他對我提出一些與書相關的問題，總是有問必答，因而餵養了我許多西方書世界的掌故，也引發我不少寫作的靈感。每回到瓦哈拉書店，就像一趟豐富之旅、發現之旅，可惜這家書店在 2015 年結束營業，有時回憶書店最好的方法，就是想想在那遇見的有趣之書。

記得有回到瓦哈拉閒逛，一眼瞧見馬奇翁尼桌上擺了本尚未標價的平裝本方形小書，長、寬各約十四公分，薄薄不超過百頁，不僅沒有目錄，連頁碼都懶得編。這本看來不甚起眼的小冊子，在店中卻顯得特別惹眼。瓦哈拉是間專營絕版二手書的店，雖然走中低價位路線，沒有數萬、數千美元的高檔昂貴書籍，但也多半是近幾十年來的首版精裝書為主，店裡幾乎罕見平裝本書，莫非、莫非這書藏有些我不知道的玄機？！

這平裝小書的封面是漫畫圖案，畫面是一位身穿紅外套、頭戴寬邊黑

Men with pierced anything.

Men with fake Rolex watches.

Men with real Rolex watches.

Men who say, "Ciao."

輕鬆小品中不時閃出些機智，例如這兩頁先後列出該規避的男人分別是擁有冒牌和正牌勞力士錶的男人。

Men who call collect.

Men who have phone sex.

Men who miss The Village People.

Men who think Fellini is a pasta dish.

打對方付費電話或以為費里尼 (Federico Fellini; 義大利電影導演) 是一種義大利麵的男人，同樣被列為不受歡迎的名單。

Men with car stereos worth more than their car.

Men with poodles.

Men who don't consider your aerobics class a real workout.

Men who don't like Disneyland.

凡是不喜愛迪士尼樂園或者是養貴賓狗的男人，都被丹妮兒·布朗列入女人該規避之林。

Men who comb their hair across the bald spot.

Men who say the last thing they want to do is hurt you.

Men who KEEP ON TRUCKIN'!

Men who own Chia Pets.

小書《一百八十七種該規避的男人》長寬各約十四公分，不超過百頁，不僅沒有目錄，連頁碼都懶得編。

《一百八十七種該規避的男人》的版權頁清楚註
明此書 1995 年出版,版權的所有人是丹·布朗。

帽、狀似可愛的一位長髮女生,背景搭配了一群特徵不明、形形色色的男
士。英文主書名是《一百八十七種該規避的男人》(*187 Men To Avoid*),
副標題為《一本給對浪漫感到沮喪的女人之求生指南》(*A Survival Guide for
the Romantically Frustrated Woman*),作者為丹妮兒·布朗(Danielle Brown)。
單是看封面、讀書名,大概就可以料到這是本輕鬆的幽默書。

不登大雅之幽默小書

打開內頁,看到斗大的黑體字條列出諸多類型的男士。第一條是「幫
狗狗穿衣服的男人」,接下來還有「和媽媽同住的男人」、「堅持為你點菜
的男人」、「上班途中,邊開車邊刮鬍子的男人」、「玩任天堂的男人」、「擁
有冒牌勞力士錶的男人」、「擁有正牌勞力士錶的男人」、「不沖馬桶的
男人」、「不穿內衣褲的男人」、「痣上長毛的男人」、「打毛線的男人」、「用
頭髮遮掩頭禿之處的男人」、「車子的音響比車還貴的男人」、「打對方付費
電話的男人」、「養貴賓狗的男人」、「寫自助書給女人讀的男人」,最後
列的是「拿女生讀的書(就像這本)來讀的男人」。不消十來分鐘,我就
把作者調侃的一百八十七種類型男人審視完畢。讀者若是不拿它們當無傷
大雅的笑話來看,可能要指控裡面的一些語句「政治不正確」,有不少歧
視、刻版印象。小冊最後一頁簡單介紹作者丹妮兒·布朗居住於新英格蘭,
在學校教書、寫書,但是走避男人。原書定價七點九五美元,我心裡想著

美國作家丹・布朗所寫的幾本驚悚小說，據稱全球銷售總量已超過二億五千萬冊，這不是普通暢銷，而是超級暢銷。*Photo by Dan Courter*

"God bless her!"（上帝保佑她），真不曉得到底有多少人會掏腰包買這位布朗小姐的作品，至少本人絕對不會！

放下手邊的小冊子，不禁納悶起來，依我對馬奇翁尼的了解，這種翻過就算了、不太能登大雅之堂的小書，實在和他店中其他扎扎實實的書相差甚遠，照說不該出現在瓦哈拉才對。觀察入微的馬奇翁尼，看我滿臉迷惑，隨即要我翻到最前面的版權頁，仔細一看，版權所有人居然印著 Dan Brown，我抬頭尖聲問馬奇翁尼 "Is this THAT Dan Brown?"（這是那位丹・布朗嗎？）他笑著點點頭。不用懷疑，我們共同所指的「那位」丹・布朗，正是以《達文西密碼》（*The Da Vinci Code*）一舉成名的暢銷書作家丹・布朗。

出版業界的傳奇案例

丹・布朗的前三部紙本小說《數位密碼》（*Digital Fortress*；中文簡體字版譯為《數字城堡》，此書 1996 年曾先出電子版）、《天使與魔鬼》（*Angles & Demons*）、《騙局》（*Deception Point*；中文簡體字版譯為《大騙局》）於 1998 年到 2001 年間先後出版，當時並未引起特別的注意，根據他的編輯傑生・考夫曼（Jason Kaufman）在某次訪談裡透露，《達文西密碼》2003 年問世以前，這三部小說的銷售本數加起來總共約莫兩萬冊而已，但考夫曼看好丹・布朗，當他由口袋出版社（Pocket Books）轉往雙日出版社（Doubleday）任職時，請求新東家簽下丹・布朗的下一本書《達文西密碼》，此書一出版就引起轟動，同時也使得舊作本本擠入暢銷書之林、再版不斷，

圖中所見為丹‧布朗前本兩驚悚小說《數位密碼》（左）與《天使與魔鬼》（右）的首版首刷封面書影，分別於1998、2000年由聖馬丁、口袋出版社出版，這兩家出版社肯定很後悔沒有留下丹‧布朗，誰能料到他日後會寫出超級暢銷書《達文西密碼》？

這個成功同時造就了紅牌作家與編輯，丹‧布朗感念考夫曼的知遇之恩，自此一直與他合作。這種出版界的灰姑娘傳奇案例，總是書業和媒體雙雙樂於傳播的軼事，就如同《哈利波特》的作者 J. K. 羅琳成名前是個無業、靠社會福利金掙扎過活的單親媽媽，常帶著襁褓中的女嬰在咖啡館寫稿的故事一樣廣為流傳。

普通讀者有所不知的是，丹‧布朗其實並不只寫懸疑驚悚小說，他曾寫過「非小說」（non-fiction），他的第一本著作也非《數位密碼》。人民文學出版社 2004 年出了這本小說的中文譯本，譯者在序中寫到：「丹‧布朗的處女作──《數字城堡》是一部高科技驚險小說，探討了公民隱私與國家安全之間的矛盾。」此書繁體字版由時報文化出版，其網站上的內容介紹一開頭就標舉著：「全球 No.1 暢銷書《達文西密碼》作者丹‧布朗的處女作。說是處女作，作者的野心卻很驚人。」

不少中文媒體和書店網站上的介紹，也都宣稱這本書是丹‧布朗的「處女作」、「第一部作品」，這些訊息其實都不正確，正宗的處女作應該是前述那本他以筆名丹妮兒‧布朗所寫的幽默小品，書中實在看不出作者有啥驚人的野心，童心、玩心倒是有。

早年丹‧布朗的官方網站只列出他的小說，不見《一百八十七種該規避的男人》，即使上網查詢，也僅在一篇《波士頓環球報》的報導文章裡，看到記者一筆帶過這本小書是丹‧布朗與妻子布萊絲（Blythe）在 1995 年時的輕鬆之作，連馬奇翁尼這位消息靈通的書商也是書出版了近十年才知曉它的存在。

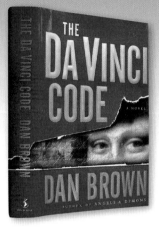
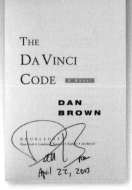

隨著 2006 年影片《達文西密碼》上映的熱潮，一冊 2003 年首版首刷含作者簽名（含簽名時間）的美國版原著，拍賣公司那年曾賣出七百二十美元的價格。*Courtesy of PBA Galleries/Courtney Rock*

名作家的正宗處女作

　　根據美國國會圖書館網站上的目錄，1964 年出生的丹‧布朗確實第一本著作為《一百八十七種該規避的男人》，但資料上顯示他是唯一的作者，沒有他妻子的名字，若是鍵入筆名，根本還查不到此書。後來查了些資料，但都不曾找到丹‧布朗直接親口談論這本書的報導，因此無法確知此書是由夫妻倆合著，或是由他個人所寫。至於為何要用筆名？作者、中外出版社、譯者為何漏提這本書？是刻意還是不注意？是否覺得此書不夠炫、不太稱頭、不能和小說的繁複精巧相提並論、不吻合作者在小說裡旁徵博引的飽學形象，所以乾脆不提？想必這會引發一些讀者的好奇與詮釋。

　　當然，沒人規定介紹作者時，非得全數列出他的著作，普通讀者或許不關心作家的處女作是哪一本，但在西方書世界裡，一位知名作家的處女作往往備受一群人的關注，特別是當處女作的首版（此處通指第一版、第一刷）印製數量極小時。許多西方的藏書家喜歡收藏某些作家所有作品的首版，而大多數作家處女作的首版印量往往不高，若是這些作家日後出名，又成了藏家的所愛，則此處女作的首版價格自然也跟著水漲船高。諾貝爾文學獎得主約翰‧史坦貝克（John Steinbeck）的第一本作品《金杯》（*Cup of Gold*），1929 年首版時只印了一千五百多本，當時乏人問津，而今一本含書衣的精裝本至少起價一萬美元以上，若是有史坦貝克的親筆簽名，價格還會三級跳。「物以稀為貴」是永遠不變的通則，這也因此造成許多二手書商或古董書商對這類書超級敏感，總是不斷四處搜尋有收藏價值作家的首版書、特別是他們的首版處女作，希望能逢低買進、逢高賣出。

這也說明了為什麼《一百八十七種該規避的男人》會出現在瓦哈拉書店。只不過這書和丹‧布朗受歡迎的驚悚懸疑小說屬於完全不同的文類，又是單薄的平裝本，以致多半藏書家猶疑不定，也造成書商們訂價上極大的困擾，不知該怎麼標才好。標太高了怕沒人買，標太低了又覺得自己沒眼光、沒膽識，如果就此賤價賣出，萬一日後價格飛漲，豈不是會氣得吐血！在如此來來回回撥弄算盤下，老經驗的書商馬奇翁尼暗想，這書畢竟是布朗的處女作，而且已經絕版，首印量肯定也高不到哪，他留意此書後，就由網站上以幾美元低價買進了兩本，先不急著標價賣出，暫且先觀望網站上其他書商販賣的情況，再決定他的書價。好奇心驅使下，我當時上了古舊書網站（abebooks.com）查看，發現只有五本《一百八十七種該規避的男人》在網上出售，最低價格是二十美元，最貴的則高達九百四十美元。當然，二手書的價格隨人而定，高價可不表示賣得出去。

　　《達文西密碼》的熱銷效應終究還是影響到《一百八十七種該規避的男人》，這本原已絕版的小書於 2006 年再版，封面圖像與 1995 年初版相同，但出版社在上方打上一行字「《達文西密碼》作者早期幽默之作」（Early Humor from the Author of The Da Vinci Code），同時還把丹‧布朗的本名和筆名丹妮兒‧布朗並列，希望引起讀者的注意，丹‧布朗的官網一度也列出了這本小書。最近上古舊書網站發現共有三十七本待售，十一本是 1995 年版，標價從三美元到一百五十美元，遠遠不能和當年相比。有可能是新版出現，讓舊版顯得不那麼獨特，還有可能是讀者對這書的認同度不高，購買意願不強，以致高價書滯銷，賣家因而大幅調低原先訂的天價。畢竟「物以稀為貴」的前提是有人對此物件有興趣並願意花高價購買，否則物件再怎麼稀罕，還是乏人問津。

　　對藏書沒概念的人，很難理解首版書竟有如此特殊的供需生態和價格變化。1998 年 2 月 14 日情人節那天，當時沒沒無名的丹‧布朗上了網路的某藏書討論區，自我介紹是聖馬丁出版社（St. Martin's Press）的作者，說自己的第一本小說《數位密碼》（注意，他可沒說第一本書）出版九天就已經賣完（他沒說印了多少本），不少人建議他應該自留幾冊，因為首版書如此快就賣完，未來將值不少錢。他聲稱自己不懂藏書，所以希望網友們能給點意見。一位網友馬上刻薄地譏諷他，想上網宣傳新書就直說，沒有作者會問是否應該保留自己的首版書，還指出大家都看出他用的電子郵箱

暢銷書《達文西密碼》產生諸多效應，除了被改編成電影，由湯姆‧漢克主演，並成了暢銷影片，也引發讀者對文藝復興時期的天才達文西感興趣，書店配合電影上映，特闢與達文西相關的書區。

地址是來自宣傳單位。丹‧布朗誠惶誠恐地接著澄清，自己無意冒犯行家網友，實在是因為一位藏書家向他家附近的書店買了十本《數位密碼》，還到他家請他簽名，他當下覺得那藏書家瘋了！由於不諳此道，所以才上網討教。至於郵箱地址，他是用太太的電腦，並說自己僅是無名作家，沒有請宣傳人員的條件。看他一派無辜的語氣，其他網友於是緩頰，有些人給予鼓勵，有些人耐心向這位菜鳥解說首版書是否值得收藏的標準，其中一位強調，「需求」是第一考量，若沒有市場的需求，無論作家是誰、首印量多低，都不重要。大家其實是婉轉質疑：「老弟，你的書有很大的需求量嗎？」

暢銷書引爆諸多效應

這串討論迄今都還公布在網路上，現在讀來真是覺得此一時也、彼一時也。一本首版首刷的《數位密碼》（傳說印量由三千到六千本不等），原價二十四點九五美元，如今網上的標價由一百美元起跳，若有了作者的

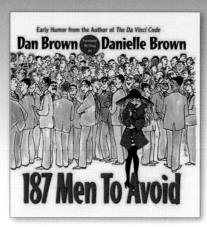

《一百八十七種該規避的男人》2006 年再版，封面圖像與 1995 年初版相同，但上方打上一行字「《達文西密碼》作者早期幽默之作」，同時還把丹‧布朗的本名和筆名丹妮兒‧布朗並列。

簽名，則索價由五百到兩千美元不等，多年前那位藏書家花兩百五十美元買了十冊簽名本（說不定還有折扣），如今市價至少是當初的二十倍以上，投資報酬率為一比一百，沒有啥比這好賺！只不過當時到底有多少人像他如此別具慧眼？那些不把丹‧布朗放在眼裡的網友，現在想來大概會懊惱不已！至於布朗本人，我很好奇他當初「囤積」了多少冊？《天使與魔鬼》的首版首刷冊數較多，一般推測有萬本左右，現今網上十美元就能買到一本，但簽名本價格還是頗高，由五百到一千美元不等，畢竟這是符號學家羅伯特‧蘭登系列的第一本；《達文西密碼》的首印高達二十餘萬冊，收藏的價值大大降低，一本首刷的二手書如今只要三、四美元就買得到，簽名本有時一兩百美元就能成交。至於丹‧布朗的第五本小說《失落的符號》(*The Lost Symbol*)，因為首印量極其誇張——五百萬冊，二手書的價格自然非常低，網上甚至有人標價一美元，簽名本則可低到五十美元。

　　這些不可思議的數據讓人了解，暢銷書不僅造福了新書市場，也可能讓舊書市場炒得熱絡。但對於作家的最大鼓舞是：英雄不怕出身低，無論處女作或前期作品是如何沒分量、不具賣相、印刷冊數是如何低，都有可能鹹魚翻身、名揚四海的一天。至於出版商、編輯、二手書商、藏書人更應該永遠、永遠、永遠謹記在心：千萬不要以處女作的成敗論斷作者的潛能，誰都說不準誰會成為下一個丹‧布朗！

初稿刊登於 2005 年 8 月 17 日

念想鮑德溫書倉

In memory of Tom Baldwin

上面這張照片，是我上個世紀末初訪美國賓州西徹斯特小鎮（West Chester）的鮑德溫書倉（Baldwin's Book Barn）時，替主人湯姆‧鮑德溫（Tom Baldwin）與他的愛犬 Crunch 所拍攝，那時年紀輕、見識少，完全沒想到賣書之地與賣書之人可以是如此樣貌。

　　一棟 1822 年建造的農倉，矗立在占地五、六英畝（約三十多公畝）的大草原，1946 年被經營古舊書的湯姆父母買下，轉為賣書的場所與住家，1980 年代湯姆成了書倉第二代經營者。走進書倉彷彿進入時光隧道，燒著材火的圓肚大暖爐、滴滴答答響的古董掛鐘、地球儀、巨型木製拱門、再加上一位抱著友善小狗的銀髮主人向你微笑致意，已讓人覺得如夢似幻，而分布在五個樓層的數十萬冊古舊書，更像挖掘不完的寶藏般令人欣喜。更重要的，這書倉有股說不出的神奇魔力吸引著來客，我日後會開始以書店為書寫的主題，與鮑德溫書倉有絕大關係。

　　更沒想到十多年後，我不僅數度重訪，還住進了書倉，與主人和他後來的繼任愛犬 Pip 與 Bird 成了摯友，並聽聞許多傳奇故事、會見許多有趣人等，一些經歷都已記錄在《書店風景》與《書店傳奇》裡。

　　懷舊、重傳統的湯姆，先後幾隻小狗都是傑克羅素梗犬，而且書倉內外儘可能保持著父親留下的樣貌，我看一些老照片，覺得書倉半世紀來幾乎沒變，湯姆總堅定地說：「我們的未來就是我們的過去。」（"Our future is our past."）連他雇用的人，幾乎都是六十幾歲的退休老人；在這一切求新、求變、求快、求年輕的年代，我對此特別動容。

　　雖然湯姆的妻子兒女很早就遷居到南方佛羅里達州，但熱愛書倉的他，總是帶著愛犬每個月搭機兩地往返。他年過七旬後，一度想找人接手書倉，消息還上了《紐約時報》，但和一些有意願者談過後，都覺得不合適；有回他來信表示，已婉拒好幾個提案，打消出售念頭，並說會堅持到最後，為我和眾人留守這夢幻書地，也相信上帝自有安排。大凡了解湯姆者，都知道他對書倉用情至深，要出讓，何其困難，更何況他與小狗就是書倉的親善大使與吉祥物，實在很難想像誰能取代他們。

　　過去幾年我自己忙於照顧與湯姆同庚的母親，稍有時間幾乎都往台灣跑，有六年不曾回訪書倉。這期間一開始和湯姆還保持聯絡，接著少有音訊；在書倉當義工的好友卡拉‧賀門告知，約 2015 年起，湯姆到書倉的頻率銳減，有時半年才一次，他的記憶力明顯嚴重衰退，2017 年初在書倉過完新年後，再也看不到他與 Bird。今年 6 月初，卡拉來信說八十歲的湯姆在安養院時，不慎跌傷而去世了。雖然早幾年我已在心中默默向湯姆道別，但接到噩耗，還是傷痛難止。人與人終究要分離，只能留下無盡的相思，念想他的方式就是把幾次回訪書倉的圖文日誌整理出來，謹以此作為本書的完結篇，也獻給這位我摯愛與摯愛我的書倉主人。🦋

春夏秋冬都拜訪過書倉，但偏偏沒遇過下雪天。有回和湯姆提到，不知大雪中的書倉是什麼樣子，未料他不久後就傳來這些影像；那是某年冬季大雪時他所拍的，整個書倉都覆蓋在雪中，我們夏天時坐在戶外聊天的桌椅凍成了厚厚的雪糕，樹上的枝枒也結了冰，但喜愛小動物的湯姆還是清理了餵鳥器，方便鳥兒在寒冬覓食。*Courtesy of Tom Baldwin*

鮑德溫書倉下午六點就不營業，夜燈打上後，斑駁老牆上的光影散發出浪漫、神祕又帶點鬼魅的氣息，傳說書倉鬧鬼，湯姆笑說，可能是他父親巡視他建立的書倉是否安好。我自已在書倉住過幾回，並未感應到。書倉掛了張藝術家畫的夜景複製圖（左下），圖中牆上有個人像的拉長黑影，頗具幽默。2017 年有超自然靈異現象研究者帶儀器到此偵測，宣稱他們感應到幾個駐店鬼魂。*Courtesy of Tom Baldwin (bottom left)*

書倉的圓肚大暖爐每到冬季一定會發出熊熊烈火,春寒秋涼時節也不例外。我愛極了這個大暖爐,《書店傳奇》〈重訪鮑德溫書倉〉一文中,用了張湯姆抱著當時的愛犬Pip在暖爐旁的照片;《書店風景》2012年中文簡體字版的封面五張集錦照,大暖爐為其一;2017年《書店風景》出版二十周年發行的珍藏紀念版,更是以此大暖爐為唯一主角。每回想起書倉,總憶起那燃木釋放的縷縷香氣,以及和湯姆圍在爐旁談天說地的時光。而今湯姆離世、小狗Bird被他定居於佛羅里達州的家人接走,所幸大暖爐依然固守在書倉,溫暖上門的新舊來客。

鮑德溫書倉一共有五個樓層，這棟老建築沒有電梯，但我反而喜歡木板樓梯走起來的嘎嘎聲響。書倉四處散放著各式各樣的椅子，有些還是舒服的搖椅，走累了隨時都能坐下來歇息，但可記得別和慵懶的貓咪搶位子。在此手捧一冊書，就可輕鬆愉快度過一整天。你問我什麼是友善的書店？能提供來客座椅的書店就是友善。

拜訪書倉期間，幾乎每天都在那晚餐，廚師自然是湯姆，他以前還真的開過餐廳，有回大廚嘔氣離職，他還親自上陣呢！我在《書店傳奇》特別提到這一段歷史。每回跟湯姆去超市買菜，總見他精心挑選魚肉蔬果，回書倉後又俐落烹調（挨著書倉加蓋的建築是湯姆的辦公室兼廚房與餐廳）。湯姆準備餐點或是我們一起用餐時，小狗小貓總愛在一旁陪伴。最難忘他做的烤甜洋蔥，整顆洋蔥挖空中心部位，再塞入奶油、塊狀濃縮牛肉湯和其他香料，然後放入烤箱，頓時香氣瀰漫書倉。我回家後也試著做，吃起來味道就是不如湯姆烤的。

2013年6月回訪書倉，在瑞寧格古董市集設攤的兩位好友卡拉與克里斯拿來兩大箱女用的古董帽送我，質地由羊毛、兔毛、棉布、毛氈、塑膠到羽毛不等，造型從貝雷帽、鉤針編織帽、大帽緣的遮陽帽到古典的「藥盒帽」（Pillbox hat；指平頂、短筒、無帽緣的帽子），有些還以紗網、花朵、蝴蝶結裝飾。在徵得湯姆的同意，拿了書倉的木製燭台當帽架，逐一替這些帽子留下影像紀錄。由於搭機不易攜帶大批帽子，旅程結束後，書倉的員工體貼為我打包裝箱，把它們寄到舊金山我的住處。書與帽子其實是很棒的搭配，2016年到南京的先鋒書店，發現店內有個帽子區，賣他們與合作夥伴生產的帽子，牆上還掛了不少作家、藝術家、明星戴帽的肖像照，包括王爾德、沙特、楚門·卡波提、安瑟·亞當斯、木心、奧黛麗·赫本、香奈兒、畢卡索、約翰·藍儂與小野洋子、大衛·鮑伊等人，因而對店主錢小華大力稱讚，出席書店活動時我特別戴了一頂別有絲質大蝴蝶結的橄欖綠翻邊毛氈帽應景。帽子夏可遮陽、冬能保暖，還兼具裝飾效果，二次世界大戰前，西方男男女女出門都會頭戴一頂帽子，可惜這種帽子文化已消失，只存於一些貴族、貴婦的正式活動，現今最常見的是棒球帽，休閒有餘，趣味不足。

一位名喚 Peggy 的讀者，上個世紀末就有了我的第一本書《書店風景》，之後十多年與先生於國內外多次遷移，每回總帶著那本書。後來他們搬到德拉瓦州，發現我書中寫的鮑德溫書倉就在半小時車程內，於是帶著四歲半的兒子 Ethan 來訪，英文閱讀能力已達五年級的 Ethan 一來就著迷；我與他們母子半年後（2013 年初）約在書倉兒童書區相見，這裡除了書，還有一些免費的二手玩具，雖然我年紀一把，但對一些小玩偶愛不釋手，湯姆特別恩准我帶走幾個。在書倉偶爾也會見到三代同堂的景象，例如左上圖中與湯姆交談的，就是外祖母與其女兒、外孫女。

（右頁圖）鮑德溫書倉還開放書區給身心有障礙的學生到此見習。幾次在書倉碰到一些學生，有些是聾啞，有些是唐氏症或自閉症患者，他們在輔導員或老師的陪同下學著如何整理書架，例如把書拿回架上擺正、把參差不平的書移平，如此動作一般人無須教都能做好，但這些孩子得要不斷重複練習許多次，當他們好不容易完成後，一旁耐心的輔導員立即給予鼓勵，看到孩子們露出羞澀的笑容，我開心不已。有位患亞斯伯格症的學生安竺‧史都基（Andrew Stookey）（左下）則是屬於反應較靈敏型，安竺在書倉實習已幾年，工作項目也較具難度，能將一些錯置的書歸類，他走過外國傳記區，發現一本科林‧鮑爾將軍（Colin Powell）的自傳，立刻抽出並放回本國傳記區。他的輔導員蜜雪兒欣慰地對我說，安竺高中剛畢業，已得到數家學院的入學許可，而今主修財務的安竺也大學畢業了。

湯姆非常歡迎一些活動或聚會在鮑德溫書倉舉辦。例如 2013 年 6 月 7 日費城書法者協會（Philadelphia Calligraphers' Society）就在書倉的藝廊區進行餐會，他們同時也與書倉合作，將會員的佳作放在此陳列、寄售；向來喜歡西洋花體字的我，恰好躬逢盛會，因而結識了不少西方書法家。

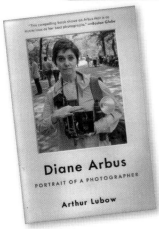
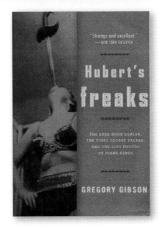

2013 年 1 月 16 日與羅伯特‧藍謬爾（Robert Langmuir）在書倉歡聚暢談。藍謬爾專營老照片與古舊書，他雖是白人，但因孩提時照顧他的奶媽是黑人，而對美國黑人的生活與文化深感興趣，並持續收集此類主題的照片、書與文件，還出版了一本目錄《美國黑人文化的歷史圖像檔案》（*An Historical Photographic Archive of African American Culture*），介紹他收藏二十年、橫跨 1840 至 1970 年代上萬張美國黑人照片，圖中藍謬爾所持之書就是此目錄，這批物件 2012 年賣給了美國喬治亞州艾默里大學的特藏區。藍謬爾同時也是 2008 年一本書的主角，書名為《胡伯特的畸形人：古書商、時代廣場叫客員與迪安‧阿布絲遺失的照片》（*Hubert's Freaks: The Rare-Book Dealer, the Times Square Talker, and the Lost Photos of Diane Arbus*），此書由藍謬爾的好友與另一位古書商格瑞哥里‧吉普森（Gregory Gibson）執筆，敘述藍謬爾 2003 年買到一批 1960 年代紐約時報廣場旁一個畸形秀場經理的檔案，其中含傳奇女攝影師迪安‧阿布絲（Diane Arbus, 1923~1971；"Diane"的發音為「迪安」）拍攝秀場演員的照片，全書由此事件談到藍謬爾的動盪人生。這批攝影作品本已預定拍賣，目錄都印好了，卻因故取消。由於在書倉碰到藍謬爾，我因此開始對迪安‧阿布絲的生平與攝影感興趣，2006 年的電影《皮相獵影》（*Fur: An Imaginary Portrait of Diane Arbus*），片中女主角是由妮可‧基嫚飾演虛構的阿布絲。

湯姆的最愛無疑是隨身都帶著的小狗,但他也愛貓,書倉一度有五隻貓,每隻命名都是 B 開頭——Barney、Beatrix、Beauty、Bingo、Buddy,很多人到書倉是為了來看這些貓咪,有回 Beatrix 還生了小貓,熱鬧非凡。一些我喜歡的書店像是北京的「萬聖書園」、新竹的「蘇格貓底」也都以貓多著稱。自從幾年前湯姆不再到書倉,貓咪們已經一一送給他人收留。

書倉室內室外的特別景致與氛圍，吸引了許多人到此拍結婚照或定情照，上面這張就是湯姆在一旁側拍的。有回拜訪書倉，碰到一對訂婚的年輕未婚夫妻（左下）到此勘查，準備數月後在此舉辦婚禮，那位陽光男孩（Justin Weber）溜溜球玩得神乎其技，日後發現他竟是許多溜溜球大賽的得獎者。右下圖是書倉經理凱洛的女兒和女婿（Kate & Bill Lynam）2016 年 6 月在書倉草坪上舉辦婚禮。

書倉外的草坪上散置了木製的休閒桌椅，歡迎來客在此野餐或休憩。天不熱時，我常喜歡拿本書坐在樹下閱讀，在徐徐涼風與美景的伴隨下，通體舒暢。當然，最令我懷念的，還是和小狗 Bird 一起聽湯姆講故事；湯姆一位名為 Bird Thomas Baldwin 的叔公，是二十世紀初著名的兒童心理學家，小狗和他自己的名字（"Tom"為"Thomas"）就是以叔公命名。湯姆的前任小狗名為 Pip，取自狄更斯小說《孤星血淚》主人翁之名；至於為何再前一任命名為 Crunch，我一直忘了問湯姆。我應該是少數見過這三任小狗且替牠們拍過照的人。*Photo by Susan Procario*

2013 年 6 月 15 日離開書倉前，與主人湯姆、三位員工——喬·史考特（Joe Scott）、凱洛·勞曲（Carol Rauch）、福列德·丹納威（Fred Danaway）（由左至右）以及懷中可愛的 Bird 合影留念，沒想到這竟是我與湯姆最後的合照，可喜的是，其他三位仍在書倉工作。相信嗎？圖中看似較年輕的凱洛，其實那年剛過八十大壽，但精力充沛，能提兩袋滿滿的書輕快上下樓，她現已八十六歲。福列德七十九、喬七十八，他倆同時在九一一襲擊事件那天到書倉任職，已近二十年。相信很多人與我一樣，關心書倉的未來；湯姆的妻子凱西（Kathy）接受媒體採訪時，推崇這群老人與義工卡拉、比爾對書倉的真誠付出，使得書倉運作順暢，她和家人希望能永遠保有它。2022 年書倉建築將滿兩百年，多麼希望湯姆能活著見證！

Tom Baldwin

1938

2019

書倉的背後是一個小坡，後門在三樓的坡上，天氣好時就會打開；那些書架都是用運送水果的木箱合釘在一起的，上面還可見殘存的標籤，湯姆說他小時常搬這些水果箱搭建書架。這張我頗喜歡的照片攝於 2013 年初，影像中的湯姆抱著愛犬 Bird，站在書倉後方的書區。記得拍完照後用電腦打開圖，才發現貓咪 Bingo 不知何時悄悄蹲在左下方打量，這個老人、書倉、貓咪與狗的景象，只能永存我心底。再見了，親愛的湯姆！

書女說書 -2

訪書回憶錄

作　　者：鍾芳玲
主　　編：林慧美
創意統籌：鍾芳玲
美術設計：J. Chen

發行人兼總編輯：林慧美
法律顧問：葉宏基律師事務所
出　　版：木果文創有限公司
地　　址：苗栗縣竹南鎮福德路 124-1 號 1 樓　　　電話 / 傳真：(037) 476-621
官　　網：www.move-go-tw.com　　　　　　　　客服信箱：service@movego.com.tw

總 經 銷：聯合發行股份有限公司
電　　話：(02) 2917-8022　　　傳真：(02) 2915-7212
製版印刷：禾耕彩色印刷事業股份有限公司
初　　版：2019 年 10 月
定　　價：550 元（平裝）/ 750 元（精裝）
I S B N：978-986-96917-3-4（平裝）/　978-986-96917-4-1（精裝）

國家圖書館出版品預行編目（CIP）資料

訪書回憶錄 / 鍾芳玲著 . -- 初版 . -- 苗栗縣竹南鎮：
木果文創，2019.10
256 面；16.7 x 23 公分 . – （書女說書 -2）

ISBN 978-986-96917-3-4（平裝）
ISBN 978-986-96917-4-1（精裝）

1. 書業

863.55　　　　　　　　　　　　　108014716

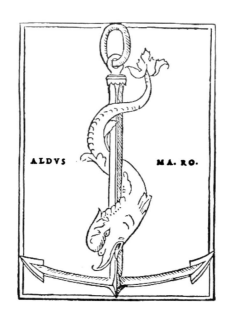